안철수처럼 생각하고
안철수처럼 실천하라

안철수처럼 생각하고
안철수처럼 실천하라

김 옥 림 지음

문이당

모두를 생각하는 마음

우리나라 어린이와 청소년, 젊은이들이 가장 좋아하는 롤 모델 안철수 원장이 모든 사람으로부터 찬사와 존경을 받는 이유는 무엇일까?

안철수 원장은 늘 새로운 생각으로 도전했고, 언제나 성공적인 결과를 이루어냈다. 그는 서울대학교 의과 대학에서 공부를 마치고 의사가 되었으며 단국대학교 의과 대학 최연소 학과장이 되었다.

그는 거기에 만족하지 않고 컴퓨터 바이러스 백신 프로그램을 만드는 안철수연구소를 설립하고 CEO가 되었다. 또 미국 유학을 다녀와서는 한국과학기술원 석좌 교수가 되었다.

　그 후 안철수 원장은 한 번 더 미국 유학을 갔다. 펜실베이니아대학교 와튼스쿨에서 경영학 석사 학위를 받고 귀국하여, 지금은 서울대학교 융합과학기술대학원 원장으로 재직하고 있으며, 강력한 대통령 후보로 거론되어 국민의 관심을 받고 있다.

　안철수 원장이 우리나라의 새로운 리더로, 희망의 아이콘으로 부각된 것은 그가 지금껏 보여주었던 도전 정신과 진정성, 때 묻지 않은 깨끗한 마음과 성실한 마음에 있다. 그는 오랫동안 기업을 경영했지만 여타 기업가들에게서는 볼 수 없는 참신함이 마치 어린아이의 동심처럼 해맑게 빛난다. 말씨와 외모 또한 부드럽고 온화하다. 그러나 그의 마음은 태산보다 높고 강하다. 그는 전형적인 외유내강의 인물이다. 그러나 그의 겉모습만 보고 판단해서는 안 된다. 그는 누구보다 집념과 끈기로 똘똘 뭉친 사람이다.

　나는 작가로서 안철수 원장의 인품과 업적을 통해 왜 그를 배워야 하고, 그처럼 미래를 준비해야 하는지 우리나라 청소년들에게 말해주고 싶다. 그리고 무엇보다도 내가 들려주고 싶은 이야기는 그의 휴머니즘적인 삶의 가치관에 있다. 그 가치관은 지극히 인간적이고, 인간답게 살아야 하는 인간 본질에 대해 잘 보여주기 때문이다.

미국의 자기 계발 전문가이자 베스트셀러 『놓치고 싶지 않은 나의 꿈 나의 인생』의 작가인 나폴레온 힐은 이렇게 말했다.

"인생을 풍요롭게 산 사람들에게는 한 가지 공통점이 있다는 걸 알았다. 그것은 단지 그들 자신만을 위해 살지 않았다는 것이다. 그들은 자신의 삶을 통해 타인에게 유익함을 주었다. 이것이야말로 잘사는 삶이다."

나는 이 말이 안철수 원장에게 가장 잘 맞는 말이라고 생각한다. 그 역시 자신만을 위한 삶이 아닌 모두가 잘되는 행복한 삶을 꿈꾸며 살고 있다.

안철수 원장은 이러한 자신의 생각을 다음과 같이 말했다.

"전체가 잘될 수 있다면 개인적 이해타산과 상관없이 어떤 선택도 할 수 있는 마음 자세를 하고 있다."

이 말이 의미하는 것은 모두가 잘될 수 있다면, 자신의 욕심 따위는 버릴 수 있다는 것이다. 모두를 생각하는 안철수 원장의 따뜻한 마음을 잘 엿볼 수 있다. 안철수 원장이 이런 마음을 갖게 된 것은 어떤 이유에서 일까? 그것은 그가 한 말에서 잘 나타나 있다.

"성공한 사람은 재능과 노력, 운이 모두 맞아떨어진 것이며 사회가 그 사람에게 기회를 준 것이기 때문에 그것을 인정해야 하며, 사회적 성공은 혼자서 이룬 것이 아니다."

개인의 성공은 그 어떤 것이라도 자신이 잘나고 똑똑해서만은 아니라는 것이다. 그 사람이 잘될 수 있었던 것은 그가 꿈을 키울 수 있도록 도움을 준 부모도 있고, 스승도 있고, 자신의 일과 관계된 사람들도 있고, 또 성공의 바탕이 되어준 학교와 사회가 있다는 것이다. 즉 개인의 능력과 이러한 요소들이 복합적으로 어우러져 이뤄낸 것이라는 게 그의 생각이다.

우리나라는 기부 문화가 미국이나 선진국보다 많이 뒤떨어진다. 미국 기부 문화 1세대인 앤드류 카네기, 존 D. 록펠러 등은 지금도 미국 국민은 물론 전 세계인들의 존경을 받고 있다. 그 후 이들의 영향을 받은 많은 사람이 기부 문화에 동참하고 있다.

빌 게이츠, 워런 버핏은 현재 미국에서 기부 문화의 상징적 인물이다. 이들 외에도 수많은 사람이 기부 문화에 동참하고 있다.

이들이 자신의 재산을 기꺼이 사회를 위해 내놓을 수 있는 것은 바로 더불어 살아야 한다는 생각에서다.

　안철수 원장의 생각은 이들과 같다. 그는 자신의 재산 중 1천5백억 원을 사회에 환원하였다. 그 기금으로 '안철수 재단'이 만들어졌다.

　자신의 재산을 아무런 조건 없이 타인에게 나눠 준다는 것은 쉽지 않은 일이다. 그러나 이러한 아름다운 삶의 법칙은 팽배해지는 개인 이기주의 때문에 점점 희박해지고 있다. 오직 자신만 잘 먹고 잘살려고 서민들이 시장 바닥에서 손발이 어는 것도 모른 채 힘들게 벌어서 저축한 돈을 갖고 외국으로 도망간 저축 은행 대표가 있는가 하면, 자신의 회사에서 평생을 일해온 직원들을 하루아침에 해고시킨 사장, 불법 체류자라는 점을 악용해 실컷 부려 먹고 임금도 주지 않고 내쫓는 중소기업 사장, 아르바이트 학생의 임금을 떼어먹는 가게 주인 등 우리 사회에는 비정상적인 삶을 사는 사람들이 연일 매스컴에 오르내린다. 이렇게 사는 것은 잘사는 것이 아니다. 자신의 이름을 욕되게 하는 일이다.

　안철수 원장이 꿈꾸는 세상은 자신만 잘 먹고 잘사는 것이 아니라 함께 더불어 잘살아 가는 것이다. 그는 자신만을 위해 살지 않았다. 자신의 삶을 통해 타인에게 유익함을 주었다. 이것이 안철수 원장이 지향하는 함께하는 삶이다.

안철수 원장의 삶처럼 다 함께 잘사는 세상을 위해서는 개인주의를 버려야 한다. 개인주의는 더불어 사는 사회를 방해하는 악의 요소다. 개인주의를 버리고 함께 사는 사회를 이루는 마음을 가져야 한다. 배려하고 양보하는 마음을 가져야 한다. 배려와 양보는 더불어 살려면 반드시 갖춰야 할 마음이다. 또한 개인주의 사회가 아니라 공동 사회라는 인식을 해야 한다. 자본주의 사회는 이익 사회다. 자기가 노력해서 번 만큼 소유하는 사회다. 하지만 공동 사회는 함께 노력해서 살아가는 사회다. 함께한다는 생각을 한다면 자연스럽게 더불어 사는 사회를 만들 수 있다. 안철수 원장이 바라는 사회는 모두가 함께하는 사회다.

이 책에는 지금의 안철수 원장이 있기까지 그가 살아왔던 삶이 아침 햇살에 빛나는 맑은 이슬처럼 생생하게 묘사되어 있다. 또 그에게 배우면 좋을 성공 습관과 실천 방법, 반드시 갖춰야 할 삶의 원칙, 인간관계를 부드럽게 이어주는 소통 방법에 대해 자세하게 이야기하고 있다.

　이 책을 읽고 나면 나도 잘할 수 있다는 용기와 자신감이 들 것이다. 그리고 모두를 생각하는 마음이 자신을 잘되게 한다는 것을 알게 될 것이다.

　우리나라의 모든 청소년이 자신의 꿈을 이루고 함께 살아가는 세상을 만드는 데 큰 힘이 되었으면 한다.

2012년 8월

김 옥 림

1장

부드러움 속에 담긴 강철 의지와 집념

01
평범했던 어린 시절

누구에게나 약점은 있다 ★ ★ ★ ★ ★

사람은 누구에게나 약점이 있다. 지혜로운 사람은 약점을 극복하여 성공의 디딤돌로 삼고, 어리석은 사람은 약점의 함정에 빠져 패배자로 전락한다.

사람들이 흔히 하는 착각 중 하나가 성공한 사람들은 약점 없이 완벽한 줄 안다는 것이다. 이는 매우 잘못된 생각이다. 성공한 사람 중에도 약점을 가진 사람들이 많다.

성웅 이순신 장군도 어린 시절에는 나약하고 두려움이 많았다. 그래서 친구들에게 놀림을 당하기도 했다. 그러나 자라면서 달라지기 시작했다. 자신에 대한 성찰을 통해 자각하는 힘을 갖게 된 것이다. 자각의 힘은 그를 강하게 만들었고, 최악의 상황에서도 나라와 백성을 사랑하는 마음을 잃지 않았다.

세종 대왕 역시 어린 시절에는 나약하고 겁이 많았다. 강인하고 당당한 맏형 양녕 대군과 침착한 둘째 형 효령 대군의 그늘에 가려 자신의 생각조차 제대로 내보이지 못했다. 그러나 세종 대왕의 마음에는 강한 의지가 잠재되어 있었다. 그는 스스로 절제하며 자신의 약점을 극복하고 겉은 온화하지만 속은 진정으로 강한 임금이 되었다.

어린 시절의 안철수 역시 마음도 여렸고 어느 것 하나 잘하는 게 없었다. 특히 운동은 가장 자신 없어 했다. 그래서 체육 시간만 되면 주눅이 들곤 했다.

"안철수! 넌 남자가 공도 하나 제대로 못 차니?"

"하하. 바보."

"맞아. 안철수 바보!"

굴러오는 공도 아니고 세워 놓고 차는 것도 헛발질하기 일쑤인 그를 두고 친구들은 늘 놀려댔다. 안철수는 친구들이 놀릴 때마다 속상했지만 싸우지는 않았다. 친구와 싸우는 것은 옳지 않다고 생각했기 때문이다.

어린 시절부터 안철수에게는 타인을 생각하는 마음이 갓 피기 시작한 채송화 꽃잎처럼 새록새록 피어나고 있었다.

끈기 있는 마음 ★ ★ ★ ★ ★

항상 친구들에게 흰둥이라고 놀림 받던 안철수였지만, 친구들보다 한 가지 나은 점이 있었다. 그는 끈기가 무척 강했다. 함께 어울릴 만한 친구조차 없었던 안철수는 자연스레 동물에게 관심을 두었다. 어느 날 공부를 마치고 교문을 나서는데 어떤 아저씨가 병아리를 팔고 있었다.

"애들아, 이 병아리 좀 봐. 참 예쁘지?"

아저씨는 병아리들을 한 곳에 모아놓고 아이들의 관심을 끌고 있었다. 안철수는 쪼그리고 앉아 병아리들을 바라보았다.

'와, 저 노란 털 좀 봐. 참 보드랍겠다.'

순간 병아리를 기르고 싶은 마음이 들었다. 안철수는 더 이상 망설이지 않고 아저씨에게 말했다.

"병아리 주세요."

"몇 마리나 줄까?"

"한 마리만 주세요."

"그래, 알았다."

그 순간 친구가 끼어들며 말했다.

"여기서 파는 병아리들은 다 병든 거야."

"누가 그래?"

"다 아는데 너만 모르는구나. 열이 많이 나잖아."

친구는 병아리를 안철수에게 내밀었다.

"그래도 난 살 거야."

안철수는 친구의 말을 무시하고 주머니에서 돈을 꺼내 아저씨에게 주었다. 안철수는 한번 마음먹은 것은 누가 뭐래도 자신의 의지대로 했다.

"사지 말라고 했잖아."

"병아리는 사람하고 달라서 열이 더 많아."

안철수는 지지 않고 말했다.

"누가 그래?"

친구가 눈을 치켜뜨고 따지듯 물었다.

"우리 아버지가 그랬어."

"그 말 정말이지?"

"그래."

"너, 거짓말하면 가만 안 둔다."

"난 거짓말 안 해."

안철수는 당당하게 말했다. 여느 때와 다른 안철수의 자신감 넘치는 모습에 친구는 기가 꺾이고 말았다.

"저도 한 마리 주세요."

"아저씨, 저는 두 마리 주세요."

안철수의 말을 들은 친구들은 그제야 병아리를 사기 시작했다.

"병아리야, 많이 먹고 무럭무럭 잘 커야 해."

"삐악, 삐악."

"알았다고? 고마워. 내 말 들어줘서."

안철수는 학교가 끝나면 곧장 집으로 달려왔고, 시간을 맞춰 모이와 물을 주며 정성을 기울였다. 병아리도 그의 마음을 아는지 무럭무럭 잘 자랐다. 그러나 친구들의 병아리는 얼마 되지 않아 다 죽고 말았다.

"야, 안철수! 병든 병아리 맞잖아."

"네 말 듣고 샀다가 이렇게 됐잖아."

화난 친구들은 안철수에게 따지며 말했다. 그러나 안철수는 당당했다. 자신의 병아리는 잘 크고 있었기 때문이다.

"그런 소리 마. 우리 병아리는 잘 크고 있어."

"그게 정말이야?"

"그래. 의심나면 우리 집에 와서 보면 되잖아."

"그럼 가서 확인해보자."

친구들은 안철수 집으로 몰려갔다. 집에 도착한 아이들의 눈은 휘둥그레졌다. 막 날개가 나기 시작한 병아리가 모이를 먹고 있었다.

"정말이네?"

"봐. 맞지?"

"그래."

안철수는 의기양양해서 말했다. 친구들은 더 이상 아무 말도 하지 못했다. 안철수의 말이 사실이었던 것이다. 기세등등했던 아이들은 풀이 죽은 채 돌아갔다. 그 후 안철수는 키우는 병아리마다 닭으로 길러냈다.

"철수야, 어떻게 하면 닭으로 키울 수 있니?"

친구들은 안철수가 부러워 묻곤 했다.

"정성을 들이면 돼."

"정성?"

"그래."

"어떻게?"

"먹이도 제때 주고, 물도 자주 갈아 줘야 해. 그리고 아픈지 안 아픈지 관심을 두고 지켜보면 돼."

"그렇구나."

안철수의 말에 친구들은 고개를 끄덕였다. 그가 병아리를 닭으로 잘 길러낼 수 있었던 이유는 끈기를 가지고 정성껏 보살펴주었기 때문이다. 안철수의 노력 덕분에 병아리는 닭으로 잘 자랄 수 있었다.

안철수는 병아리를 잘 키우는 것만큼 꽃 가꾸는 일도 아주 잘했다. 그는 정원에 있는 꽃들이 시들지 않게 때맞춰 물을 주었다. 때맞춰 물을 주려면 정성을 들여 많은 관심을 기울여야 한다. 그리고 잡초도 정성껏 뽑아 주었다. 그래야 꽃들이 양분을 잡초에 빼앗기지 않고 잘 자라기 때문이다. 꽃을 가꾸는 안철수의 모습은 무척이나 진지했다. 그 모습을 누구보다도 기특한 마음으로 지켜보는 사람이 있었다. 바로 안철수의 할아버지였다. 할아버지는 그의 손을 꼭 잡고 칭찬했다.

"꽃과 나무를 잘 키우는 사람은 군자의 마음을 닮았단다."

"군자요?"

"그래. 우리 철수도 군자의 마음을 닮았지."

할아버지의 말에 안철수는 기분이 매우 좋았다. 할아버지의 칭찬은 그에게 큰 용기를 주었다. 할아버지는 안철수에게 좋은 선생님이자 친구였다.

호기심 많은 어린이 ★★★★★

어느 날 아침이었다. 잠에서 깨어난 안철수는 깜짝 놀랐다. 이불이 깨진 메추리알로 뒤범벅되어 있었다.

"아니, 이게 어떻게 된 일이지? 어머니가 알을 꼭 품고 자면 새끼가 태어난다고 했는데……."

안철수는 울상이 되었다. 그러고는 "엉엉" 소리 내어 울었다. 아들이 우는 것을 보고 어머니가 달려와 말했다.

"왜 울어요?"

"메추리알이 깨졌어요."

"저런……."

"어머니가 알을 품어주면, 새끼가 태어난다고 했잖아요. 근데 왜 새끼가 태어나지 않고 알이 깨진 거예요?"

"메추리알은 엄마 메추리가 품어야 하는 거예요."

안철수 어머니는 어린 아들에게 늘 존댓말을 썼다. 고운 품성을 길러주기 위한 어머니의 따뜻한 가르침이었다. 어머니는 우는 아들의 눈물을 닦아주었다. 안철수는 어머니의 설명에도 궁금증이 가시지 않는 표정이었다. 그 모습을 지켜보던 아버지가 말했다.

"철수야. 새들은 사람보다 체온이 높단다. 병아리를 만져보면 무척 따뜻하지? 사람보다 체온이 높다는 증거야. 사람이 아무리 품어주어도 알에서 메추리가 태어날 수 없어. 그래서 사람은 알을 품을 수 없는 거란다."

안철수는 아버지의 말을 듣고 나서도 울먹였다. 자신이 생각한 것과 너무도 다르다는 사실에 속상했다. 안철수는 여린 마음을 가진 것과 달리 자신이 하고자 하는 일에는 강한 의지를 보였다.

어느 날 외출했다가 돌아온 부모님은 시계 부품이 여기저기 흐트러져 있는 것을 보고 놀랐다.

"아니, 시계는 누가 이렇게 해놓은 거야?"

어머니가 놀란 얼굴로 말했다.

"철수 짓이구먼."

아버지가 엷은 미소를 지으며 말했다.

평소에 아들이 시계, 전축, 라디오 등 기계나 부품에 관심이 많다는 것을 잘 알고 있었다.

"또 철수 짓이구나."

친척들도 안철수의 지나친 호기심 때문에 가끔 피해를 보았다. 그래서 그가 나타났다 하면 여기저기 감추느라 모두가 안절부절못했다.

안철수는 꿈이 있었다. 에디슨이나 아인슈타인처럼 훌륭한 과학자가 되는 것이었다. 그의 호기심은 에디슨의 어린 시절처럼 남달랐다. 호기심이 많은 사람은 상상력이 뛰어나다. 피뢰침을 만든 벤저민 프랭클린, 증기 기관차를 만든 스티븐슨, 전화를 발명한 벨, 만유인력의 법칙을 발견한 뉴턴 등 유명한 발명가들은 호기심이 많았다. 호기심을 통해 새로운 발상을 할 수 있기 때문이다. 그렇게 해서 길러진 상상력은 또 다른 상상력을 낳고, 좋은 결과를 얻게 된다. 세상에 존재하는 모든 발명품은 호기심을 통해 만들어진 삶의 소중한 선물이다.

어린 시절의 안철수는 평범하고 소심했다. 공부 또한 잘하지 못했다. 그러나 자신이 좋아하는 일에는 끈기를 갖고 정성스럽게 해냈다. 또한 호기심이 많아 엉뚱한 일을 벌여 부모님과 친척들을 놀라게 하곤 했다.

02
중·고등학교 시절의 안철수

책을 좋아했던 소년 ★ ★ ★ ★ ★

안철수는 중학생이 되었어도 공부를 잘하지 못했다. 머리는
좋았지만 공부에 흥미를 갖지 못했기 때문이다. 그러나 여전히 책
읽기는 좋아했다. 안철수는 어린 시절부터 책 읽는 것을 매우 좋아
했다. 동화책은 물론 세계 명작도 빠짐없이 다 읽었다. 그는 책을
잡으면 다 읽을 때까지 손에서 놓지 않았다. 그의 집중력은 대단했
다. 옆에서 아무리 큰 소리로 말해도 모를 정도였다. 그는 친구들
이 공부하는 중에도 자신이 좋아하는 책을 읽었다.

"넌 참 속도 편하다. 남들은 문제 풀 시간도 모자라는데 책이
나 읽고 있다니……."

"난 소설이 너무 재밌어. 너희도 읽어 봐."

안철수는 아무렇지도 않다는 듯 태연하게 말했다.

"난 책이라면 딱 질색이야. 너나 실컷 읽어라."

친구들은 그런 안철수를 이상한 눈으로 바라보곤 했다. 자신들은 영어 단어 외우고, 수학 문제를 하나라도 더 풀려고 안달인데 마음 편하게 소설책이나 읽고 있으니, 이상하게 보는 것은 어쩌면 당연했다.

그의 책 읽기는 고등학교에 가서도 변함없었다. 친구들은 대학 입시 준비로 정신없는데, 고등학교 2학년이 되어서도 공부는 여전히 뒷전이었다.

그러던 어느 날이었다. 어머니가 안철수를 불렀지만 그는 듣지 못하고 계속 책만 읽었다. 어머니는 입시가 1년 밖에 남지 않았는데도 공부는 안 하고 책만 읽는 아들이 염려스러워 책을 뺏고 말았다.

"어머니, 재미있는데 왜 그러세요."

"지금이 어느 땐 데 책만 읽어요?"

보다 못한 어머니는 답답한 마음에 나무라듯 말했다.

"책이 재밌어서요."

"책 읽는 것은 좋지만 이제는 좀 자제했으면 좋겠어요."

"왜요?"

"입시 준비도 해야 하잖아요."

"그건 제가 알아서 할게요. 그러니 걱정하지 마세요."

안철수는 태연하게 말했다.

"그래도 당분간은 좀 자제해요."

"네, 어머니."

하지만 워낙 책을 좋아했던 그는 어머니와 약속한 것도 잊어버리고 또다시 책을 읽으며 시간을 보냈다. 습관적으로 책을 읽었던 것이다. 그런데 책을 읽는 것을 어머니가 또 보고 말았다.

"또 소설을 보고 있군요."

"어머니!"

안철수는 머쓱해했다.

"이리 줘요."

어머니는 책을 빼앗아 찢어버렸다. 강경책을 쓴 것이다. 그렇게 하지 않으면 공부는 게을리하고 책만 읽을 게 뻔했다. 당시 안철수의 성적으로는 부모님이 바라는 대학에 가기에 턱없이 부족했다.

"다시 말하지만 대학에 갈 때까지는 자제하세요."

"네, 어머니."

"약속할 수 있어요?"

"네."

안철수는 이렇게 말하며 공부하는 데 전념하기로 했다.

부모님 뜻에 따르다 ★ ★ ★ ★ ★

초등학교 때부터 안철수는 에디슨이나 아인슈타인처럼 훌륭한 과학자가 되기를 꿈꿨다. 하지만 부모님은 의사가 되기를 바랐다. 이를 잘 아는 안철수는 부모님의 바람대로 서울대학교 의과 대학에 진학하기로 했다.

결심을 굳힌 안철수가 말했다.

"서울대학교 의과 대학에 가겠습니다."

그가 의과 대학에 가겠다고 하자 어머니와 아버지는 무척 기뻐했다. 아들이 자신들의 뜻에 따라주는 것이 기특했다.

"잘 생각했어요."

"철수야, 고맙다."

어머니와 아버지는 아들의 결심을 아낌없이 칭찬해주었다. 안철수가 의과 대학에 가겠다고 결심한 것은 고등학교 2학년이 끝나

갈 때였다. 초등학교와 중학교 때 공부를 열심히 하지 않았던 안철수로서는 대단한 결심이었다. 의과 대학은 높은 성적을 받아야 갈 수 있기 때문이다. 더군다나 서울대학교 의과 대학은 수재들만 갈 수 있는 곳이었다. 그런데도 그는 당당하게 자신의 결심을 밝힌 것이다.

굳게 결심한 안철수는 책상 앞에 앉았다. 그리고 앞으로 해야할 일을 차분히 생각하며 꼼꼼하게 계획을 세웠다. 국어는 평소 책을 많이 읽은 덕분에 성적이 좋았다. 그렇지만 영어, 수학은 성적이 좋지 못했다. 안철수는 어떻게 하면 영어와 수학을 잘할 수 있는지를 곰곰이 생각했다. 그러고는 처음부터 차근차근 되짚어가며 공부했다.

안철수는 공부에 집중했다. 절대 다른 생각을 하거나 한눈팔지 않았다. 안철수의 집중력은 매우 뛰어났다. 이는 꾸준한 책 읽기의 효과였다. 집중해서 공부하자 점수가 올라갔다.

"그래, 더 열심히 하는 거야. 나도 할 수 있어. 나도 잘할 수 있다는 걸 보여주겠어."

안철수는 입술을 깨물며 두 주먹을 불끈 쥐었다. 공부하다 보면 몸과 마음이 지칠 때가 있다. 그럴 땐 어디론가 숨어 버리고 싶지만 안철수는 끈기 있게 공부했다. 의과 대학에 가려면 중학교 때부터 미리 준비를 해야 했는데 그러지 못했기 때문에 하루하루 최선을 다하지 않으면 안 되었다. 안철수의 끈기는 대단했다. 끈기만큼은 누구에게도 지지 않았다.

"안철수, 끝까지 최선을 다해야 한다. 그러면 반드시 네가 바라는 대학에 충분히 합격할 수 있을 거야."

담임 선생님은 이렇게 말하며 그를 격려해주었다.

"네, 선생님."

"그래. 난 널 믿는다."

담임 선생님 말씀을 듣고 안철수는 더욱 자신감을 갖게 되었다. 그리고 마지막 모의고사를 쳤다. 시험을 보고 나서 임시로 채점한 결과 자신이 바라는 만큼 점수가 나왔다. 그러나 절대 방심할 수는 없었다. 그는 약간 긴장된 마음으로 성적표가 나오기를 기다렸다.

드디어 성적표를 받는 날이 다가왔다. 담임 선생님의 호명에 따라 반 친구들이 성적표를 받았다. 어떤 친구는 미소를 짓고, 어떤 친구는 얼굴을 찌푸렸다.

'나는 몇 점일까?'

그때 담임 선생님 목소리가 귓전을 울렸다.

"안철수!"

"네."

안철수는 담임 선생님 앞으로 나갔다.

"수고했다. 이 점수라면 충분히 네가 원하는 대학에 합격할 수 있을 거야."

"고맙습니다. 선생님."

자리로 돌아와 최종 모의고사 성적표를 살펴보던 안철수의 입가에 환한 미소가 피어났다. 자신이 목표한 점수보다도 더 잘 나왔던 것이다.

"그래, 이 점수라면 충분히 합격할 수 있어."

이렇게 말하는 그의 얼굴에는 합격에 대한 강한 의지가 엿보였다.

서울대학교 의과 대학 합격 ★ ★ ★ ★ ★

서울대학교 의과 대학에 원서를 낸 안철수는 시험을 보았다. 그는 그동안 공부했던 대로 차분하게 문제를 풀어나갔다. 아는 문제를 만날 땐 힘이 솟아났다. 잘 모르는 문제는 신중하게 풀어나갔다. 아차, 하는 순간 한 문제라도 실수하면 큰일이기 때문이다.

경쟁자들이 전국에서 알아주는 수재들이니 다들 실력이 엇비슷했다. 단 한 문제로 성패를 가릴 수 있었다.

안철수는 간절한 마음으로 정성껏 문제를 풀었다. 문제를 다 푼 그는 다시 한 번 답안지를 살펴보고는 제출하였다. 주사위는 던져졌다. 안철수는 심호흡을 크게 한 번 하고는 집으로 돌아왔다. 기분은 좋았다. 무언가 큰일을 해낸 것처럼 가슴이 충만했던 것이다. 좋은 예감이 들었다.

"어머니, 다녀왔습니다."

"아들, 고생했어요."

기다리고 있던 어머니는 안철수의 얼굴을 쓰다듬어 주었다.

"어머니, 걱정 많이 하셨지요?"

"아니에요. 난 우리 아들이 잘할 거라고 믿었어요."

어머니는 이렇게 말하며 환하게 웃었다. 그러고는 안철수가 좋아하는 음식을 한 상 가득 차려왔다. 그는 오랜만에 편안한 마음으로 밥을 먹었다.

안철수는 차분하게 시험 결과 발표 날을 기다렸다. 발표 날이 가까워 오자 가슴이 두근거렸다. 그는 창가로 다가가 밤하늘을 바라보며 생각했다.

'과연 내가 합격할 수 있을까……?'

갑자기 차분하던 마음이 불안해졌다.

'걱정하지 말자. 나는 최선을 다했으니까 잘될 거야.'

드디어 발표 날이 되었다.

"야호! 합격이다. 내가 서울대학교 의과 대학에 합격했어!"

안철수는 이렇게 중얼거리며 흥분을 감추지 못했다.

"아들, 축하해요! 그동안 고생 많았어요."

어머니는 아들의 손을 잡고 기쁨을 감추지 못했다.

"철수야, 축하한다."

아버지는 아들의 어깨를 감싸며 축하해주었다. 어머니와 아버지의 기뻐하는 모습을 보자 안철수는 자신이 대견했다. 학교에서도 축하가 이어졌다.

"안철수! 수고 많았다."

담임 선생님은 그를 안아주었다. 반 친구들도 자신의 일처럼 기뻐해주었다.

안철수가 청소년 시절에 부족한 실력을 극복하고, 서울대학교 의과 대학에 합격할 수 있었던 것은 뛰어난 집중력, 뚜렷한 목표의식, 반드시 해내는 끈기가 있었기 때문이다.

안철수는 어린 시절부터 독서를 통해 집중력을 기를 수 있었다. 집중력은 단기간에 그가 성적을 높이는데 큰 도움을 주었다. 또한 자신의 목표가 분명했다. 안철수는 목표를 세우고 철저하게 교과목을 분석하여 공부하였다. 이런 세밀한 공부법이 그에게 좋은 결과를 가져다주었다. 마지막으로 끝까지 해내는 힘이 있었다. 안철수는 어린 시절부터 자신이 하고자 하는 것은 반드시 해내는 끈기가 뛰어났다. 아무리 머리가 좋아도 책상에 오래 앉아 있지 못하면 좋은 결과를 얻기 어렵다. 자신의 머리를 믿기보다는 자신의 끈기를 믿는 것이 더 확실하다.

안철수는 이런 점들로 부족했던 성적을 끌어올리고, 자신이 원하는 대학에 합격할 수 있었다.

인도의 성자 마하트마 간디는 "할 수 있다는 믿음을 가지면 그런 능력이 없을지라도 결국에는 할 수 있는 능력을 갖추게 된다"라고 말했다. 간디가 영국의 지배 아래에 있던 조국을 구한 것도 할 수 있다는 믿음 하나로 이뤄낸 성과였다. 안철수도 자신이 할 수 있다고 믿었기 때문에 당당히 합격할 수 있었다.

03
치열했던 대학 시절

잠깐의 방황 ★ ★ ★ ★ ★

대학에 입학한 안철수는 열심히 공부했다. 의학 공부는 열심히 하지 않으면 수업을 따라갈 수 없었다. 한눈팔거나 게으름을 피운다는 것은 있을 수 없었다. 그만큼 어려운 공부였다. 본과에 올라가자 공부는 점점 힘들어졌다. 하루하루를 버틴다는 게 너무 두려워졌지만 이를 악물고 참았다. 버텨내지 못하면 자신은 패배자가 된다는 생각에서였다. 독하게 마음먹은 안철수는 열심히 공부했다.

의료 봉사 활동도 열심히 했다. 가난한 사람들에게 봉사한다는 것이 그에게는 또 다른 즐거움이었다. 남을 위해 자신의 능력을 베풀 수 있다는 것은 보람 있는 일이라고 생각했다.

그런데 안철수에게 시련이 찾아왔다. 본과 2학년에 올라가기 전 방학을 마치고 서울로 올라왔는데 도착하자마자 갑자기 가슴이 답답해지며 숨이 막혔다. 또다시 힘들게 공부해야 한다고 생각하니 눈앞이 캄캄해졌다. 도저히 자신이 없었다.

'이렇게 힘든데 꼭 공부해야 하나……. 쉬고 싶어.'

그는 공부가 너무 힘들어 아무도 없는 곳으로 도망치고 싶었다. 아무리 생각해도 졸업할 때까지 버텨낼 자신이 없었다. 생각할수록 한숨만 나왔다. 그 순간 갑자기 어머니 얼굴이 떠올랐다. 자신이 잘되기만을 간절히 바라는 어머니를 생각하니 더욱 가슴이 미어졌다. 안철수는 어머니에게 전화를 걸었다.

"어머니, 공부가 너무 힘들어 그만두고 싶어요."

"많이 힘들어요?"

"죄송해요, 어머니."

"너무 자책하지 마요."

"……."

안철수는 말없이 울기만 했다. 어머니는 여러 가지 말로 위로하며 힘든 아들의 마음을 달래주었다. 잠시 후 전화를 끊고 자리에 누웠지만 잠이 오지 않았다. 그저 가슴만 먹먹할 뿐이었다.

다음 날, 아침 일찍 어머니가 서울로 왔다. 어머니는 힘들어하는 아들을 가만히 안아주었다. 그리고 차분하게 말했다.

"공부가 그렇게 힘들면 잠깐 쉬어요."

"어머니, 죄송해요."

"괜찮아요. 같이 집에 가요."

"……."

"자, 어서 가요."

안철수는 어머니를 따라 부산으로 내려갔다.

다시 마음을 추스르다 ★ ★ ★ ★ ★

집에 도착한 안철수는 아버지를 보자 너무 죄송했다. 공부가 힘들어 내려온 자신을 보고 아버지가 실망할까 봐 고개도 제대로 들지 못했다.

"아무 생각 말고 편히 쉬어라. 몸이 피로하면 마음 또한 피로한 법이란다."

공부에 지쳐 내려온 아들을 보고 아버지가 말했다.

"죄송해요, 아버지."

"괜찮다. 좀 쉬다 보면 마음이 안정될 거야."

"네."

아버지는 편하게 있도록 해주었다.

"이것 좀 먹어 봐요. 지친 몸에 아주 좋대요."

어머니는 이것저것 챙겨 주며 지친 안철수의 몸과 마음을 달래주었다.

"어머니, 고맙습니다. 못난 저를 야단도 치지 않으시고 따뜻하게 보듬어주셔서."

안철수는 어머니의 지극정성에 감사했다. 자신의 체취가 묻어 있는 고향집은 안철수의 지친 마음과 몸을 편안하게 해주었다.

그는 어린 시절 자주 갔던 바다로 갔다. 푸른 파도가 힘차게 요동치는 바다를 보자 안철수는 깊은숨을 몰아쉬며 "휴" 하고 숨을 토해냈다. 그러자 가슴을 무겁게 짓누르던 것이 사르르 풀리며 답답했던 가슴이 뻥 뚫리는 것 같았다.

그 순간 즐겁게 뛰어놀던 어린 시절이 눈앞에 오버랩 되었다. 그때는 깔깔대며 종일 웃고 뛰어놀아도 공부 때문에 스트레스를 전혀 받지 않았다. 그냥 하루하루가 꿈 같이 좋았던 시절이었다. 그러나 지금의 자신은 공부 때문에 지쳐 있었다. 안철수는 고개를 들 수 없었다. 바로 그때 뱃고동 소리를 내며 배가 지나갔다. 그는 고개를 들고 멀어져 가는 배를 바라보았다.

'저 배는 지금 어디로 가는 걸까? 목적지까지 가려면 숱한 파도를 헤치며 가야겠지. 그리고 목적지에 도착해서는 힘차게 뱃고동을 울려대겠지. 자신의 임무를 다했다고. 그런데 난 이게 뭐야. 목적지를 한참이나 앞에 두고 힘들다고 방황이나 하다니……'

배가 멀어져 가는 동안 한심한 자신을 책망했다. 그러고는 자리에서 벌떡 일어나 백사장을 향해 소리치며 달리기 시작했다. 그는 지칠 때까지 계속 달렸다. 땀방울이 온통 얼굴에 맺혔다. 숨이 턱까지 차올랐다. 더 이상 뛰지 못하고 자리에 주저앉고 말았다. 그는 계속 깊은숨을 토해냈다. 그러는 동안 마음이 평안해지고 머리가 맑아졌다.

안철수의 마음에는 작은 변화가 생겼다. 다시 힘을 내서 공부해야겠다는 생각이 들었다. 또 자신을 걱정해주는 가족이 있다는 것이 너무 감사했다. 더 이상 사랑하는 가족을 실망시키면 안 된다고 생각했다. 안철수는 다시는 지금과 같은 나약한 모습을 보이지 않겠다고 굳게 결심하고 집으로 돌아와서 어머니에게 말했다.

"어머니, 저 내일 서울로 가겠습니다."

"아니 왜요? 좀 더 있지 않고."

어머니는 엷은 미소를 지으며 말했다.

"제가 지금 있어야 할 곳은 여기가 아니에요."

"그렇게 결심해서 고마워요."

"어머니, 다시는 이런 일 없도록 하겠습니다."

"그래요."

다음 날 아침 안철수는 서울로 올라왔다.

다시 힘을 내어 공부하다 ★ ★ ★ ★ ★

서울로 온 안철수는 새롭게 마음을 다잡았다. 하루하루를 누구보다도 최선을 다했다. 지금 이 순간 자신이 참 행복한 사람이라는 생각이 들었다. 그래서 한시도 게으름을 피우거나 나태한 모습을 보이지 않았다. 그것은 자신을 배신하는 못난 일이라고 생각했다. 그는 공부, 실습, 의료 봉사 등으로 바쁘게 생활했다. 어느 것 하나 소홀히 하는 법이 없었다.

"안철수, 쉬엄쉬엄해. 네가 너무 열심히 하면 우리가 따라가기 어렵잖아."

"그동안 게으름 피운 거 만회하려고 하니 좀 봐 줘."

친구들 말에 안철수는 웃으며 말했다.

"말을 말아야지. 널 누가 말리겠어."

노력은 아주 정직했다. 노력하는 만큼 성적도 몰라보게 쑥쑥 올라갔다. 의과 대학에 입학할 땐 좋은 성적이 아니었지만, 졸업할 때는 매우 우수한 성적으로 좋은 결과를 얻었다. 안철수가 대학 생활을 잘 마칠 수 있었던 것은 잠깐의 방황을 통해 소중한 깨달음을 얻었기 때문이다.

'아픈 만큼 성숙해진다'는 말이 있다. 사람은 좋은 경험을 통해서도 소중한 깨달음을 얻지만, 아픈 경험을 통해서도 소중한 깨달음을 얻게 된다. 다만 어떤 경험을 하더라도 그것을 받아들이는 마음에 따라 달라질 수 있다는 걸 알아야 한다. 만일 안철수가 힘들다고 포기했다면 어떻게 되었을까? 지금 같이 전 국민에게 존경 받는 훌륭한 인물은 되지 못했을 것이다.

"불가능한 것을 성취하려면 불가능한 것도 실행해야 한다."

이는 세계 최고의 명작이라고 평가 받는 『돈키호테』의 작가, 세르반테스가 한 말이다. 세르반테스는 가난한 집에서 태어나 공부도 할 수 없었다. 그는 전쟁에 참가하여 싸우다 팔에 부상을 당하고 평생 장애를 안고 살았다. 전쟁에서 팔을 다쳐 조국으로 귀국하던 중 알제리에서 해적들에게 붙잡혀 5년 동안 노예로 지내며 말할 수 없는 고통을 당했다. 여러 번의 탈출 시도 끝에 가까스로 집으로 돌아왔지만 그를 반겨주는 이는 아무도 없었다. 지독한 가난과 부상 때문에 고통만 더해 갔다. 설상가상으로 먹고살려고 세금 거두는 일을 했는데 아는 사람이 돈을 횡령하는 바람에 누명을 쓰고 억울한 감옥살이를 하였다. 그는 시련이 많은 사람이었다. 한 사람이 짊어지고 나가기에 그의 고통은 너무나 컸다. 그러나 그는 포기하지 않았다.

세르반테스는 한 편의 소설을 쓰려고 2년이라는 시간을 고스란히 쏟아 부었다. 그의 노력은 헛되지 않았다. 이 소설은 그에게 최고의 작가라는 영광을 안겨주었다. 그 소설이 바로 『돈키호테』다. 세르반테스가 성공한 작가가 되어 수백 년이 지난 지금도 최고의 작가로 존경받는 것은, 험난한 시련 속에서도 포기하지 않고 끝까지 자신을 이겨냈기 때문이다.

요즈음 여러 가지 문제로 힘들어하는 청소년이 많다. 힘든 일은 사람을 가리지 않는다. 언제 자신을 찾아올지 모른다. 힘든 일이 찾아와도 절대 기죽지 말고, 당당하게 맞서야 한다. 그러면 안철수처럼 그 어떤 힘든 일도 참고 이겨냄으로써 자신이 원하는 것을 얻을 수 있다.

04
기초를 튼튼히 다져라

기초의 중요성 ★ ★ ★ ★ ★

무슨 일이든 잘하려면 기초가 튼튼해야 한다. 고층 빌딩을 지으려면 땅을 파고, 철근을 넣고, 시멘트로 다져 기초를 튼튼히 해야 한다. 그리고 그 위에 다시 한 층 한 층 철근을 넣고 벽돌을 쌓아야 한다. 그렇게 꼼꼼히 정성을 다해야만 지진에도 무너지지 않는 튼튼한 빌딩이 된다. 그런데 기초가 튼튼하지 못하면 약한 지진에도 빌딩은 무너지고 만다. 가끔 신축 건물을 짓다 붕괴 사고가 일어나는 것도 기초를 튼튼히 하지 않아서 생기는 인재다.

인간의 삶 또한 예외는 없다. 인간의 삶도 기초를 튼튼히 해야 한다. 때맞춰 배워야 자신만의 인생이라는 빌딩을 튼튼하게 지을 수 있다. 그렇게 하지 않으면 허술한 인생이 되어 힘든 삶을 살아가게 된다. 안철수에게는 기초를 튼튼히 다지는 그만의 특별한 방법이 있었다.

"철수야, 너도 이 예상 문제집으로 공부해."

"아니, 난 교과서로 할래."

"야, 그러니까 점수가 안 좋은 거야."

"그래도 나는 이 방법이 좋아."

"어휴, 저 고집."

안철수는 고등학교 때 예상 문제집으로 공부하라는 친구의 말에도 언제나 교과서 중심으로 공부하였다. 그 이유는 예상 문제집은 시험 볼 때는 잠깐 도움이 되지만, 시간이 지나면 기억에서 지워진다는 생각 때문이었다. 또 그것은 오직 점수 따기 공부에 불과해 그는 교과서를 선호했다. 교과서로 공부하면 암기하는 데는 힘들지만 폭넓게 공부할 수 있고, 어떤 문제가 나오더라도 응용하여 문제를 잘 풀 수 있다는 게 안철수의 생각이었다. 이러한 안철수의 공부 방법은 대학에 가서도 변함없었다.

"안철수, 이거 작년 시험 문제래. 네 것도 복사해 줄 테니까 복사비 줘."

친구는 자신이 복사를 해주겠다며 돈을 달라고 했다.

"아냐, 난 전공 서적으로 공부할 거야."

"뭐? 두꺼운 책을 언제 다 보고 있어?"

"그래도 난 이 방법이 좋아."

"어휴."

친구는 한숨을 쉬며 밖으로 나갔다.

안철수가 처음 바둑을 배울 때 일이다.

"바둑을 배우려면 바둑 두는 것부터 해야지."

"나는 책부터 읽을 거야."

"책부터 읽는다고?"

"응."

"바둑은 실전이 중요한 거야."

"아무리 그래도 나는 책부터 읽을 거야."

"넌 참 특이해. 좋아, 나중에 한판 붙자."

"그래. 나중에 보자."

안철수는 바둑 두는 것부터 하라는 친구의 말에도 바둑 관련 책부터 읽었다. 처음에는 아무것도 몰라 익히기 힘들겠지만 자꾸만 반복해서 읽다 보면 나중에는 원리를 잘 알게 된다는 게 그의 생각이었다.

안철수는 선배와 처음 바둑을 둘 때는 9점을 깔고도 졌지만 4개월 후에는 오히려 9점을 선배에게 깔아주고도 이겼다.

"내가 졌어. 넌 참 대단해."

선배는 이렇게 말하며 두 손 두 발 다 들었다는 표정이었다. 그 모습을 지켜보던 친구들도 벌어진 입을 다물지 못했다. 그들은 안철수가 바둑 책부터 읽는다고 했을 때 비웃었기 때문이다. 안철수만의 공부법은 컴퓨터를 배울 때도 마찬가지였다.

"이게 뭐니?"

"그거? 컴퓨터야."

"컴퓨터?"

"응."

컴퓨터라는 친구의 말에 안철수는 놀라움을 감추지 못했다. 그는 친구 자취방에서 말로만 듣던 컴퓨터를 직접 보게 되었다. 그의 눈에 비친 컴퓨터는 이제껏 볼 수 없었던 진기한 물건처럼 아주 흥미로웠다. 갖고 싶기도 했지만 어떻게 만들어졌는지 궁금해 당장 뜯어보고 싶었다. 그때 친구가 말했다.

"철수야, 너도 한번 해볼래?"

"아니, 관련 책부터 읽고 할래."

"책부터 먼저 읽는다고?"

"응."

친구는 안철수의 말에 고개를 절레절레 흔들며 웃었다. 그의 성격을 이미 알고 있던 터였다. 사실 안철수는 너무도 컴퓨터가 하고 싶었지만 책부터 읽고 나서 하겠다고 말했다. 그는 지금까지 해온 원칙대로 컴퓨터 책을 사다 이론부터 차근차근 공부했다. 그리고 1년 후 컴퓨터를 사서 작동하는 법을 익혔다. 무엇이든 기초가 튼튼해야 한다. 기초부터 배우는 게 안철수만의 배움의 원칙이자 삶의 원칙이었다.

요령은 배우지 않기 ★ ★ ★ ★ ★

사람들은 기초를 무시하는 경향이 있다. 쉽게 하는 요령부터 배우려고 한다. 학생들도 공부할 때 쉽게 점수를 올리는 요령부터 배우려고 하는 친구들이 있다. 논술도 마찬가지다. 수백만 원이나 들여 족집게 논술 과외를 한다. 그런 요령으로는 절대 좋은 글을 쓸 수 없다. 글은 한순간에 잘 쓸 수 있는 게 아니다. 평소에 꾸준히 책을 읽고 어휘력과 표현력, 통찰력과 논리력을 길러야 한다. 그리고 꾸준히 써 보는 노력이 필요하다. 오래 묵은 장이 맛이 깊은 것처럼 글쓰기도 기초가 다져졌을 때 논리력과 주제성이 좋은 글을 쓸 수 있다. 족집게 논술이니 하는 것은 몇 가지 문제 유형을 만들어 반복시킴으로써 순간적으로 글을 쓰게 하는 요령이다. 이런 글쓰기는 전혀 도움이 되지 않는다. 이것은 요령만 가르치는 진정성 없는 글쓰기 공부법이다.

비단 공부에 있어서만이 아니다. 어떤 사람들은 사업의 인허가를 내는 데 빨리 인허가를 받으려고 편법을 쓰기도 하고, 남보다 빨리하기 위해 절차나 과정을 생략하기도 한다. 이런 요령으로는 남보다 빠르게 시작할 수는 있어도 잘된다는 보장은 없다.

그런데도 기초와 과정을 무시하고 좋은 결과만 얻으려고 하는 사람들이 많다. 이렇게 해서는 절대 안 된다. 모든 일에는 순서가 있는 법이다. 이 과정을 무시하면 심각한 문제가 생기고, 사고가 발생한다.

기초를 튼튼히 하기 ★ ★ ★ ★ ★

기초를 튼튼하게 하려면 먼저 아래와 같은 방법들을 마음에 담아 실천하는 것이 좋다.

첫째, 공부를 할 때 안철수처럼 교과서 위주로 하는 게 좋다. 읽기를 반복하고 암기하다 보면 힘은 조금 들어도 기억의 저장 탱크에 오랫동안 저장되어 실력을 유지할 수 있다.

둘째, 요령을 가르치는 것은 배우지 않는 것이 좋다. 요령은 말 그대로 노림수다. 이런 노림수는 순간적으로는 도움이 될지 모르지만 장기적으로 보면 별 도움이 되지 않는다.

셋째, 순리대로 일하는 것이 좋다. 인간의 삶에는 순리가 있다. 이는 삶의 질서이며 자연의 질서다. 그런데 이를 무시하면 불행한 삶을 살게 된다. 순리를 거스르는 일은 자신의 삶을 파괴하는 무서운 요괴와 같다.

넷째, 반복해서 꾸준히 하는 것이 좋다. 무엇이든 처음 배울 때는 힘이 든다. 힘이 든다고 해서 포기하는 사람들이 있다. 이는 나쁜 행동이다. 이렇게 해서는 제대로 배울 수 없다. 반복해서 꾸준히 하다 보면 어느 순간 잘하게 된다.

이 네 가지를 마음에 담아 실천한다면 매사에 기초를 튼튼히 쌓아 좋은 결과를 얻을 수 있다.

미국 농구의 영원한 황제 마이클 조던은 이렇게 말했다.

"한 걸음 한 걸음 단계를 밟아 나아가라. 그것이 무언가를 성취하려는 내가 아는 유일한 방법이다."

조던이 농구 황제가 될 수 있었던 힘은 무엇일까? 그는 최고의 선수가 되기 위해 천부적으로 뛰어난 재능에도 엄청나게 노력했다. 팔이 아파 들지 못할 만큼 공을 던졌다. 이렇게 훈련된 그의 슛은 어느 위치에 있어도 골대로 들어갔다. 또 작은 키를 극복하기 위해 높이 뛰는 연습을 발이 부르트도록 했다. 그렇게 해서 길러진 점프력은 아무도 따라올 수 없었다. 그가 덩크 슛의 귀재가 된 것은 작은 키에서 오는 핸디캡을 극복하기 위한, 피나는 점프 연습의 결과에 있었다는 것을 알아야 한다.

어느 분야에서건 최고가 된다는 것은 낙타가 바늘구멍으로 들어가는 것보다 힘들다. 그만큼 경쟁이 치열하다는 의미다. 지금까지 기초를 무시했던 청소년들은 무슨 일이든 안철수가 시도했던 대로 해보길 바란다. 그러면 분명히 어느 순간부터 달라져 가는 자신을 발견하게 될 것이다.

05
부드러움 속에 담긴 강철 의지와 집념

부드러운 이미지 ★ ★ ★ ★ ★

안철수는 둥그런 얼굴에 선한 눈매, 하얀 피부로 매우 부드럽고 온화한 인상이다. 실제로 그는 가족이나 직원들에게 한 번도 화를 낸 적이 없을 만큼 매우 유순하다. 또한 누구에게나 존댓말을 쓸 정도로 겸손하다.

그는 해군 군의관 시절, 철저한 계급 사회인 군대에서도 한참이나 어린 의무병에게도 존댓말을 썼다.

"이 병장, 이것 좀 해줄래요?"

"박 상병, 핀셋 좀 갖고 오세요."

그의 말에 당연히 어리둥절한 쪽은 의무병이었다.

"야, 김 상병. 안철수 군의관 좀 이상하지 않아?"

"그러게 말이야."

"난 안철수 군의관 같은 사람은 군대 와서 처음 봤어."

그들은 자신에게 존댓말을 하는 안철수를 무척 신기하게 생각했다. 그래서 처음에는 좀 이상한 사람이라고 생각했지만 안철수의 진정성을 알고 나서는 하나같이 그를 존경하고 좋아했다.

그는 대학 생활을 할 때 후배들에게도 존댓말을 했다. 특히 의과 대학은 선후배 관계가 엄격했다. 그러다 보니 후배들은 당황해할 수밖에 없었다. 처음에는 그의 존댓말에 당황해 하던 후배들도 그의 진정성을 알고 나서는 태도가 달라졌다. 진심으로 그를 이해하고 존경하는 마음으로 대했다.

안철수가 사람들에게 존댓말을 하는 것은 어머니의 영향 때문이었다. 그의 어머니는 안철수가 어린 시절부터 그에게 존댓말을 했다. 그래서 안철수도 존댓말을 쓰는 것이 습관이 되었다.

안철수가 고등학교 1학년이던 어느 날 아침, 학교에 가야 하는데 늦잠을 잤다. 자칫하면 지각할 게 뻔했다. 걱정이 된 안철수가 어머니에게 말했다.

"어머니, 오늘은 택시를 타고 가야겠어요."

"그래요. 어서 서둘러요."

그의 말에 어머니는 도시락을 챙기며 어서 서두르라고 했다. 그는 아침밥도 못 먹고 허겁지겁 밖으로 나갔다. 때마침 택시가 오는 게 보였다. 안철수는 재빨리 손을 번쩍 들었다. 그러고는 택시에 올라탔다. 그때 어머니가 말했다.

"학교 잘 다녀오세요."

"네, 잘 다녀오겠습니다."

학교로 가는 동안 택시 기사가 물었다.

"누님이 참 착하시네. 동생에게 존댓말을 다 하고."

"누님이 아니고 어머니세요."

"참 훌륭한 어머니시네요."

어머니라는 안철수의 말에 기사는 감동해서 말했다. 그의 유순한 외모와 누구에게나 존댓말 하는 습관은 그를 더욱 부드럽고 온화한 사람으로 사람들에게 각인시켰다.

강철 의지와 집념 ★ ★ ★ ★ ★

안철수는 전형적인 외유내강형 인물이다. 겉으로는 부드럽지만 안으로는 강철을 녹일 만큼 강한 의지와 집념을 품고 있다.

그는 의대 공부뿐 아니라 컴퓨터 바이러스 백신 프로그램 개발에도 열중하였다. 낮에는 공부하고, 새벽까지 백신 프로그램 개발에 매달렸다. 잠은 고작 3시간 정도 자는 게 다였다. 어떤 때는 한숨도 못 자고 밤을 꼬박 새우기도 했다. 이런 그의 일과는 군의관 시절에도 변함없었다. 이런 생활을 무려 7년 동안이나 했다니, 그저 놀라울 뿐이다. 그럼에도 그는 우수한 성적으로 의과 대학을 졸업하고, 컴퓨터 바이러스 백신 프로그램을 개발하여 많은 사람에게 도움을 주었다.

안철수는 1995년 안철수연구소를 설립하고, 그해 미국 펜실베이니아대학교 공과 대학으로 유학을 떠났다. 그는 공부만 하기에도 모자란 시간에 한국에서 보내오는 이메일을 검토하며 연구소 업무를 지시하는 등 하루도 빠짐없이 일했다. 이때 안철수는 이틀에 한 번은 밤을 새웠다. 시간이 부족한 나머지 어쩔 수 없는 선택이었다.

그의 몸과 마음은 지칠 대로 지쳤다. 어느 날 거울에 비친 자신의 모습을 바라보는데 콧등이 시큰거렸다. 거울 속에 비친 그의 모습은 너무도 지쳐 있었다. 금방이라도 쓰러질 것 같은 초췌한 모습이었다.

"아, 너무 힘들다. 꼭 이렇게까지 해야 하나? 잠 좀 실컷 자 봤으면 좋겠다."

안철수는 너무 힘들어 자신도 모르게 이렇게 중얼거렸다. 그러나 도전을 멈출 수 없었다. 중도에서 포기한다는 것은 그의 사전에 있을 수 없는 일이었다. 그럴 것 같았으면 아예 시작도 안 했을 것이다. 그는 죽을힘을 다해 끝까지 참고 견뎌냈다. 그러자 멀게만 느껴졌던 그의 목표가 눈앞에 다가와 있었다. 마침내 안철수는 공부를 끝냈다. 그렇게 바라던 공학 석사 학위증을 손에 받아든 것이다.

"안철수, 잘 참고 견뎠어."

그는 끝까지 해낸 자신이 고마워 스스로 칭찬하였다. 안철수는 개선장군처럼 당당하게 귀국하였다. 그러나 한국으로 돌아온 그의 몰골은 말이 아니었다. 통통했던 얼굴은 살이 빠져 홀쭉해졌고, 얼굴은 황달에 걸린 듯 누렇게 변했다.

"여보, 고생 많았어요."

그의 아내는 얼굴이 상한 남편을 보자 가슴이 너무 아팠다. 하지만 그가 마음 아파할까 봐 더는 말할 수 없었다.

"고생은요. 나 없는 동안 당신이 고생 많았지요."

안철수는 아내를 위로해주었다.

그러던 어느 날 안철수는 그만 쓰러지고 말았다.

"안 선생님, 몸이 무척 상했어요. 입원하는 게 좋겠습니다."

"지금 그럴 시간이 없습니다."

"그러다 큰일 나는 수가 있습니다. 안 선생님도 의사면서 왜 그걸 인정하지 않으려고 하십니까?"

"맘 편히 병원에 누워 있을 처지가 못 되니까요."

"안 됩니다. 이는 담당 의사로서 묵과할 수 없습니다. 지금 당장 입원하세요."

병원에 입원하라는 의사의 말에도 자신은 일해야 한다고 버텼지만, 결국 안철수는 의사의 권유를 받아들여 입원하였다. 그는 입원하는 동안 꿈같은 휴식 시간을 보냈다. 그러자 지쳤던 몸과 마음이 말끔히 회복됐다. 건강한 몸으로 퇴원한 안철수는 새로운 마음으로 다짐하였다.

'지금과는 다르게 해보는 거야. 그게 나의 꿈이고 내가 해야 할 일이니까.'

안철수의 얼굴은 굳은 의지로 가득했다. 안철수가 이뤄낸 모든 일은 그의 강철 같은 의지와 무서운 집념 때문이었다. 그만큼 안철수는 강한 사람이다.

일반적으로 유대인을 가리켜 '공기 인간'이라고 한다. 공기는 바늘구멍보다 작은 틈만 있어도 어디든지 스며든다. 막힘이 없고, 거침이 없다. 틈만 있으면 그곳이 어디든 스며들어 자신의 존재를 드러낸다. 또한 공기는 살아 있는 모든 것에게 소중한 존재다. 공기가 잠시라도 사라진다면 이 세상에 살아남을 생명체는 하나도 없다. 그만큼 공기는 절대적 가치를 지닌 존재다. 공기 인간이란 공기처럼 어디든지 적응할 수 있고, 누구에게나 필요한 사람이란 뜻이다.

유대인은 적응력이 뛰어나고 잡초 같은 강인한 생명력을 가지고 있어, 어디서든 살아갈 수 있고 누구에게나 필요한 존재다. 유대인은 로마 제국에 나라를 빼앗기고 2천 년 동안 전 세계에 뿔뿔이 흩어져, 1948년 이스라엘을 건국하기까지 이민족으로부터 온갖 박해를 받으며 살아왔다. 그렇지만 유대인은 지금, 세계를 주름잡으며 가장 우수한 민족으로 인정받고 있다.

안철수의 강한 의지와 집념은 유대인과 너무도 닮았다. 또한 그는 누구에게나 필요한 공기처럼 자신이 힘들게 개발한 바이러스 백신을 사람들에게 무료로 나누어주었다. 백신을 팔면 엄청난 돈을 벌 수도 있지만 그렇게 하지 않았다. 안철수가 백신을 무료로 나누어주었던 것을 보면 그는 '공기'처럼 누구에게나 필요한 존재라는 걸 잘 알 수 있다. 당시에 백신 프로그램이 없었다면 수많은 사람이 컴퓨터 바이러스 때문에 고생했을 것이다.

한 사람의 강인한 의지와 집념, 그리고 남을 배려하는 마음이 모두에게 얼마나 큰 위안이 되고 힘이 되는지 잘 알 수 있다. 이렇 듯 안철수는 어디서든지 자신의 꿈을 펼칠 수 있는 강한 의지를 가진 사람이며, 누구에게나 필요한 공기 인간이다.

유대인적 마음 ★ ★ ★ ★ ★

안철수는 우리나라 사람 중 가장 유대인적인 마음을 가졌다. 그가 유대인의 마음을 가진 사람이라는 것을 분석해보는 것은 유대인적인 마음이 오늘의 안철수가 있기까지 가장 큰 영향을 끼쳤기 때문이다. 안철수의 아홉 가지 유대인적 마음을 살펴보고 실천하면 좋겠다.

첫째, 부드러움 속에 강철 같은 의지와 집념을 가졌다. 그의 외모는 매우 부드럽고 유순하지만 부드러움 속에는 무쇠를 녹일 수 있는 강철 같은 의지가 들어 있다.

둘째, 어디서든 능력을 펼쳐보일 수 있는 자신감을 가졌다. 그가 자신의 능력을 펼쳐 하는 일마다 성공할 수 있었던 것은 어디서든 주눅이 들지 않는 당당한 자신감 때문이다.

셋째, 어떤 환경에도 적응할 수 있는 적응력을 가졌다. 그는 최악의 상황에서도 적응력을 발휘하여 자신의 목표를 이룰 수 있는 능력이 있다. 어려운 환경에서도 자신의 능력을 발휘한다는 것은 성공한 사람들만이 가진 공통점이다.

넷째, 자신의 감정을 조절하고 통제할 수 있는 마음을 가졌다. 자신의 감정을 통제한다는 것은 쉬운 일이 아니다. 많은 사람이 실패하는 원인 중 하나는 스스로 통제하지 못하기 때문이다. 자신을 통제한다는 것은 어떤 상황에서도 흔들리지 않고 자신을 지킬 수 있다는 것이다. 그는 자신의 감정을 통제할 수 있는 절제력이 강한 사람이다.

다섯째, 언제나 새로운 생각을 하였다. 고정 관념은 새로운 것에 대한 거부다. 새로운 것을 이루려면 낡은 고정 관념은 버려야 한다. 새로운 생각은 그를 새로운 길로 이끌었고, 성공한 인생이 되게 했다.

여섯째, 한쪽으로 치우치는 것을 경계했다. 일방적으로 한쪽으로 치우치는 것을 편견이라고 한다. 편견이 위험한 것은 자칫 진실을 보지 못하는데 있다. 진실을 오해하면 모순이 된다. 그래서 한쪽으로 치우치는 것은 좋지 않다. 그는 이 점을 슬기롭게 극복할 줄 알았다.

일곱째, 다양한 분야에서 폭넓은 상식을 가졌다. 그가 다양한 분야에서 자신의 능력을 펼쳐보인 이유는 풍부한 독서에 있다. 그는 어린 시절부터 한시도 손에서 책을 놓는 적이 없을 만큼 독서광이었다. 독서는 상식을 기르는 배움의 어머니이다.

여덟째, 하나를 배워도 깊이 배웠다. 그는 대충 배우면 깊이가 없다는 걸 알았다. 자신이 하는 일에 좋은 결과를 얻으려면 깊이 배워야 한다. 아는 만큼 성공하는 게 삶의 법칙이다.

아홉째, 호기심이 많고 상상력이 뛰어났다. 그는 자신이 마음먹은 것은 반드시 실행해야 직성이 풀렸다. 그가 도전을 힘들어하면서도 즐기는 것은, 자신의 지적 호기심과 상상력을 충족시키기 위해서다. 안철수가 지닌 아홉 가지 유대인적 마음은 성공적인 삶을 이룩한 유대인의 마음과 일치한다.

창조적 멀티형 인간 ★ ★ ★ ★ ★

21세기가 요구하는 사람을 창조적 멀티형 인간이라고 한다. 그 대표적인 민족이 유대인이며, 안철수가 바로 21세기가 요구하는 창조적 멀티형 인간이다.

세계 최고의 민족이라고 불리는 유대인은 정치, 금융, 경제, 예술, 문학, 언론, 과학 등 모든 분야에서 두각을 나타내며 민족의 우수성을 인정받고 있다. 특히 금융과 경제 부분에서 빼어난 능력을 과시하며 뉴욕 맨해튼 월가를 움켜쥐고 있다. 뉴욕 금융가를 쥐락펴락한다는 것은 세계 금융계를 쥔 것과 같다.

유대인들은 전 세계적으로 흩어져 살고 있는데 본토인 이스라엘과 모두 합친 인구가, 우리나라 3분의 1수준이다. 이처럼 적은 인구로 어떻게 전 세계의 모든 분야에서, 그토록 뛰어난 능력을 발휘할 수 있을까?

유대인들은 어떤 틀에 갇혀 있는 것을 매우 싫어한다. 틀에 갇혀 있다는 것은 고정 관념에 빠져 있다는 것이며, 현실에 안주하는 것으로 생각하기 때문이다. 그들은 언제나 새로운 것을 좋아하고, 생각이 한군데로 고정되는 것을 무척 싫어한다. 그들은 주입식 공부보다는 토론식 수업을 좋아하고, 어떤 논제에 대해 자신의 의견을 다양하게 표현하는 것을 좋아한다.

다양한 의견이 좋은 것은 그것 때문에 새로운 생각을 만들어내고 그 생각으로 지금과는 다른 새로운 것을 시도할 수 있기 때문이다.

안철수는 창조적 멀티형 인간으로 유대인과 닮았다.

첫째, 책을 좋아한다. 책은 그에게 무한한 상상력과 풍부한 상식을 길러주었다.

둘째, 유대인처럼 고정된 생각에 갇힌 것을 싫어한다. 그가 의사에서 안철수연구소 대표로, 대학원 석좌 교수로, 서울대학교 융합과학기술대학원 원장으로, '청춘콘서트'에서 젊은이들의 멘토로 활동하는 것은 틀에 박힌 생각을 싫어하는 유대인과 닮았기 때문이다.

셋째, 유대인처럼 다양성을 중시한다. 그가 서울대학교 융합과학기술대학원 원장을 맡은 이유도 지금의 학문을 다양성을 지닌 여러 가지 학문으로 융합시켜 새롭게 재창조할 수 있다는 생각에서다. 현대 학문은 복합적이고 다양한 것이 특징이기 때문이다. 이러한 안철수의 융합적인 사고방식은 유대인들의 열린 사고와 일치한다.

넷째, 유대인처럼 타인에 대한 배려가 뛰어나다. 유대인들의 특징 가운데 하나가 극단적으로 치우치지 않는다는 것이다. 그들은 빚을 받을 때도 상대가 어려우면 상대를 도와주어 돈을 벌어 갚도록 배려한다. 즉 상생의 길을 도모한다. 유대인들의 이러한 마음은 모두가 잘되어야 한다는 안철수의 생각과 일치한다. 그는 자신만 잘사는 것보다 모두가 잘사는 것이 참된 삶의 가치라고 여긴다.

　이러한 관점에서 안철수와 유대인들을 비교해본 결과 안철수는 뛰어난 창조적 멀티형 인간이라는 것을 알 수 있다. 또한 안철수는 현재보다는 미래지향적이며 항상 새로움을 향해 꾸준히 노력하는 미래형 인간의 대표적 롤 모델이라 할 수 있다.

강한 의지와 집념

사람은 누구나 약점을 가지고 있다. 약점은 자신의 발전을 방해하는 나쁜 생각이다. 그러나 약점을 극복하면 자신이 성장하는데 원동력이 된다.

징기스 칸은 몽고 제국을 건국하고 몽고인의 강인함과 저력을 만방에 떨친 용맹스러운 황제였다. 그러나 어린 시절에는 개를 무서워할 만큼 나약했다. 이런 자신의 약점을 극복하고 그는 세계 속의 영웅이 되었다.

안철수를 아는 사람들은 그가 완벽한 사람이라고 생각한다. 그렇게 생각하는 것은 보통 사람들은 한 가지 일도 제대로 해내지 못하는데 그는 하는 일마다 성공적으로 이뤄냈기 때문이다.

그러나 안철수에게도 약점이 있었다. 유년기와 청소년기를 거치는 동안 공부도 운동도 잘하지 못했다. 그래서 친구들에게 놀림을 당하기도 했고, 입시를 앞두고는 어머니와 선생님 몰래 영화를 보러 가기도 했다. 안철수 역시 보통 아이들과 크게 다를 바가 없었다.

그렇지만 안철수는 인내심과 끈기가 매우 강했다. 강한 인내심과 끈기로 자신의 약점을 극복했던 것이다. 약점은 자신이 하는 일을 방해하는 부정적인 요소이므로, 반드시 극복해야 한다. 약점을 극복하려면 인내심이 필요하다. 약점은 습관이기 때문에 강한 인내심만이 고칠 수 있다. 그리고 약점을 이겨내서 성공한 사람들의 책을 읽어 보는 것도 좋은 방법이다. 책을 통해 그들이 했던 것처럼 따라서 해본다면 자신의 약점을 극복하는 데 큰 도움이 된다.

강철 의지와 끈기는 청소년에게 매우 중요한 마음이다. 아무리 목적이 좋아도 그것을 이루겠다는 강철 의지와 끈기가 없다면 해낼 수 없다. 자신의 능력이나 재능보다 할 수 있다는 강철 의지와 끈기가 있어야 자신의 능력도, 좋은 머리도 더 큰 힘을 발휘할 수 있기 때문이다.

파산 직전에 있던 자동차 회사 크라이슬러사를 흑자 회사로 만든 리 아이아코카는 처음 크라이슬러사로부터 사장 제의를 받았을 때 그를 아는 사람들의 반대에도 해낼 수 있다는 확신만으로 크라이슬러사의 제의를 받아들였다.

　사장에 취임한 그는 클라이슬러사의 문제점을 신속하게 파악하고, 자신의 계획대로 실행하였다. 그 결과 모두가 망한다는 회사를 흑자 회사로 만들어냈다. 미국 국민은 놀라움을 감추지 못했다.

　"나는 이렇게 말할 것이다. 끊임없이 노력하고 간절하게 원하면 반드시 이겨낼 수 있다. 그것을 불굴의 노력이라고 한다."

　리 아이아코카는 세계 최고의 자동차 회사인 포드사의 사장을 8년 동안이나 했지만, 아무런 이유 없이 헨리 포드 2세에게 쫓겨나고 말았다. 그가 배신감과 절망을 이겨내고, 크라이슬러사를 성공시킬 수 있었던 힘은 강철 의지와 끈기였다. 리 아이아코카는 모든 어려움을 극복하고 자신을 이겨낸 승리자였다.

　독일의 대표적인 시인 하인리히 하이네는 젊은 시절 한때 노숙을 하며 보냈다. 남의 집 외양간에서 몰래 자기도 하고, 굴뚝 밑에서 쪼그려 앉아 자기도 했다. 하지만 그는 절망하지 않았다. 그에게는 시인이라는 꿈이 있었기 때문이다. 그는 강철 의지와 끈기로 어려움을 이겨내고 독일 최고의 시인이 되었다. 영국의 시인이자 평론가인 사무엘 존슨은 집이 가난해 신발조차 살 수 없었다. 그는 구멍 난 신발을 신고 다니면서도 한시도 꿈을 잃지 않았다. 자신이 지금 겪고 있는 이 고통은 훗날 성공한 자신을 위한 준비라고 생각하며 강철 의지와 끈기로 시련을 이겨내고 성공하였다.

안철수의 성공은 머리만 좋아서가 아니다. 모든 성공이 머리가 좋아야 한다면 성공한 사람들로 거리가 넘쳐날 수도 있다. 성공은 머리도 좋아야 하지만 어떤 일이라도 포기하지 않는 강철 의지와 끈기가 있어야 한다. 머리 좋은 사람들은 많지만 안철수처럼 강철 같은 의지가 있는 사람들은 별로 없다.

"자기 자신을 이겨냈을 때보다 더 신 나는 것은 없다. 내면의 오랜 적들을 물리쳐 내면의 승리를 얻기 위해 노력해야 한다."

미국의 저술가인 배시 영의 말처럼 자신이 원하는 것을 얻기 위해서는 자신을 이겨내야 한다. 자신을 이겨내지 못하면 아무리 목표가 훌륭해도 결코 이룰 수 없다.

안철수는 어디서든 자신의 능력을 펼쳐보일 수 있는 당당함을 가졌다. 그는 미국 맥아피사의 끈질긴 요구에도 자신의 당당함을 잃지 않고 자신의 강한 존재감을 심어주었으며, 공부와 바이러스 백신을 만드는 등 두 가지 일을 성공적으로 해냈다. 또 어떤 환경에도 적응할 수 있는 강한 적응력을 지녔으며, 자신의 감정을 조절하고 통제할 수 있는 강한 자제력을 지녔다.

그런데 중요한 사실이 있다. 아무리 강철 의지와 끈기가 강하다고 해도 기초가 갖추어지지 않는다면 소용이 없다. 기초는 탄탄한 뿌리와 같아 자신이 하는 일을 든든하게 받쳐 준다.

"인생은 한 권의 책과 같다. 어리석은 사람은 아무렇게나 책장을 넘기지만 현명한 사람은 공들여 읽는다. 왜냐하면 그들은 단 한 번 밖에 그것을 읽지 못한다는 것을 알고 있기 때문이다."

안철수는 장 파울의 말처럼 자신에게 현명하게 대했다. 자신을 함부로 여긴다는 것은 자신의 가치를 낮추는 일과 같다는 것을 잘 알았다. 안철수처럼 자신을 소중히 여기고 공들여 가꾸어야 한다. 그러려면 무슨 일이든 기초부터 차근차근 해나가야 한다. 그래야 탄탄한 실력을 쌓게 되어 자신이 원하는 것을 얻을 수 있다.

안철수는 그동안 수많은 독서를 통해 기초를 무시해서는 좋은 결과를 얻을 수 없다는 것을 잘 알고 있었다. 그는 친구와 주변 사람들의 비아냥거림에도 아랑곳하지 않고 교과서 위주로 공부하고 컴퓨터와 바둑도 이론부터 차근차근 익혔던 것이다. 안철수의 선택은 언제나 좋은 결과를 선물해주었다.

공부를 하다 보면 어려운 일이 따르게 된다. 그럴 때 어렵다고 대충하거나 포기해서는 안 된다. 그렇게 해서는 자신이 원하는 꿈을 이루지 못한다.

어떤 상황에서도 포기하지 말고 안철수처럼 강철 의지와 끈기를 갖고 끝까지 해야 한다. 끝까지 하는 사람이 결국 원하는 것을 손에 쥐게 된다.

2장

실천하라, 목표를 이룰 때까지

01
책은 나를 키우는 힘

책은 힘이다 ★ ★ ★ ★ ★

안철수는 어린 시절부터 책을 무척 좋아했다. 동화와 세계
명작, 위인전, 과학책 등 가리지 않고 읽었다. 마치 활자 중독에 걸
린 것처럼 읽는 것을 좋아했다. 안철수가 책을 좋아한 것은 책을
읽으면 새로운 것을 알게 되고, 그것을 통해 상상하는 것이 좋았기
때문이다. 책은 안철수에게 환상과 같은 것이었다. 책 속에서 펼쳐
지는 모든 일이 마치 현실에서 일어난 것처럼 느껴졌다.

"나도 에디슨이나 아인슈타인처럼 훌륭한 과학자가 될 거야."

안철수는 책을 읽을 때마다 몇 번이나 자신과 약속을 했다.

그가 과학자가 되고 싶었던 것은 지구를 침략하는 악의 무리

로부터 지구를 지켜내는 정의의 사도가 되고 싶었기 때문이다. 이러한 꿈은 유년기를 지나 청소년 때에도 변함없었고, 의대생이 되고 나서도 이어졌다. 그만큼 그는 순수했다.

어린 시절 책을 즐겨 읽는 그를 보고 어머니가 말했다.

"책 읽으면 좋아요?"

"네."

"그래요. 열심히 읽어요. 책은 좋은 선생님이니까요."

"알겠습니다."

안철수는 어머니에게 칭찬을 받을 때마다 더 열심히 읽었다. 안철수는 과학책뿐만 아니라 소설책도 열심히 읽었다. 소설을 읽을 때는 마치 자신이 소설 속의 주인공이 된 것 같았다. 이처럼 책을 좋아했던 안철수는 이해력이 뛰어나고 통찰력이 좋아 국어 과목은 언제나 좋은 점수를 받았다.

안철수의 책 읽는 습관은 대학에 가서도 계속 되었다. 힘든 의학 공부를 하는 가운데도 책만큼은 꼭 읽었다.

"남은 원서 읽을 시간도 부족한데 넌 어떻게 책까지 읽을 수 있니? 책이 그렇게도 재밌니?"

"응."

"그리고 보면 넌 참 대단해."

76

"대단하긴 뭐. 책이 좋을 뿐이야."

친구들이 물을 때마다 안철수는 고개를 끄덕이며 대답했다. 공부할 시간도 부족한데 책을 읽는 안철수가 친구들에게는 무척 신기해보였던 것이다. 책은 안철수가 모르는 것을 언제나 친절하게 알려주었고, 힘들어 할 때는 위로해주었다. 책은 안철수에게 스승과도 같았다.

안철수는 열심히 책을 읽은 덕분에 『CEO 안철수, 영혼이 있는 승부』, 『CEO 안철수, 지금 우리에게 필요한 것은』, 『안철수의 생각』 등 책도 여러 권 출간했다.

안철수가 풍부한 상식, 뛰어난 지적 능력, 남다른 상상력을 가질 수 있었던 것은 책을 많이 읽어서다. 책은 상상력을 길러주는 좋은 친구이자, 지적 능력을 높이는 최상의 수단이다.

책 읽기의 중요성 ★ ★ ★ ★ ★

책을 왜 읽어야 하는지 청소년들은 잘 알고 있을 것이다. 집이나 학교에서도 늘 강조해서 듣고 있기 때문이다. 그렇지만 책을 잘 읽지 않는 청소년들이 많다. 그래서 책 읽기의 중요함을 청소년들 마음 밭에 꼭꼭 심어주고 싶다.

책은 풍부한 상상력을 길러준다. 전 세계 어린이들은 물론 청소년, 일반인들에게도 인기 있었던 소설 『해리포터』를 쓴 작가 K. 롤링은 어린 시절 상상하는 것을 좋아했다. 언제나 롤링의 머릿속에는 많은 이야기로 꽉 차 있었다. 롤링은 자신의 머릿속 이야기를 동생에게 들려주기 시작했다. 언니의 이야기를 들은 동생은 좋아했다.

"언니, 너무 재밌어. 또 다른 이야기는 없어?"

롤링은 언제나 재미있는 이야깃거리를 만들어냈다. 그리고 자신의 이야기를 학교 친구들에게도 들려주었다. 친구들 또한 롤링의 이야기를 듣고 매우 좋아했다. 롤링의 상상력이 뛰어난 것은 바로 책 때문이었다. 안철수가 호기심이 많고 상상력이 뛰어난 것 또한 책 읽기에 있다. 책은 안철수에게 풍부한 상상력을 길러주었다.

책은 지식과 지혜를 길러준다. 영국 수상을 두 번이나 지낸 윈스턴 처칠은 책 읽는 것을 너무도 좋아했다. 그래서 처칠이 있는 곳에는 언제나 책이 있었다. 처칠은 비록 공부는 못했지만 책 읽기를 통해 많은 지식을 얻을 수 있었다. 그가 세계적인 연설가로 이름을 떨친 것은 책을 통해 기른 뛰어난 논리력 덕분이었다. 그는 『제2차 세계대전』이란 책을 써서 노벨 문학상까지 받았다. 안철수도 여러 방면에서 박식하다는 말을 듣는다. 그의 옆에는 항상 책이 있고, 책은 안철수에게 스승과 같은 존재다.

또한 책은 올곧은 마음을 길러준다. 조선 시대 영남학파의 종조인 김종직을 비롯해 이율곡, 이황, 정약용, 박지원 등의 학자들은 언제나 책을 곁에 두고 읽었으며, 책을 통해 성현들의 훌륭한 생각과 마음을 배웠다. 그리고 자신만의 새로운 사상을 만들어냈다. 또 자신이 알고 있는 것을 책으로 만들어 백성이 읽도록 했으며 많은 제자를 길러냈다. 이들이 나라를 사랑하고 백성을 아끼는 올곧은 마음은 책을 통해 길러졌다. 책은 생각과 마음을 깨끗하게 한다. 안철수는 마음이 곧고 정의로운 사람이다. 그는 자신의 이익을 위해 남에게 절대로 허튼짓하지 않는다. 그가 언제나 바르게 생각하고, 행동하는 것은 책을 통해 배운 삶의 가르침 때문이다.

책은 논리력과 통찰력을 길러준다. 책을 많이 읽으면 아는 게 많고 생각이 깊어진다. 그래서 자신의 생각을 말할 때 논리 있게 또박또박 잘 말하게 된다. 또 생각이 바르게 전달되면 듣는 사람들이 잘 이해하게 된다.

"처음 대학에서 강의할 때 강의를 못했어요. 내가 그렇게 말을 못하는 줄 몰랐어요. 창피했지요. 그래서 강의 실력을 기르기 위해 외부에서 요청하는 강의를 빠짐없이 했어요. 그렇게 하다 보니 지금처럼 말을 잘하게 되었지요."

안철수는 처음 강의를 할 때는 말을 잘 못했다고 한다. 그러나 그는 노력을 통해 논리적으로 말을 잘하게 되었다. 그가 여러 방송에 출연해 말하는 모습을 보면 논리적이고 설득력이 좋다는 걸 알 수 있다.

소문난 책벌레들 ★ ★ ★ ★ ★

훌륭한 사람들 가운데에는 소문난 책벌레들이 많다. 조선 시대의 정치가인 김일손은 당나라 정치가이며 문장가인 한유의 글을 1천 번이나 읽었다. 선비 임백호는 중용이란 책을 8백 번이나 읽었다. 실학자 이덕무의 방에는 책밖에 없었다. 그래서 그는 책을 베고 자거나, 덮고 잤다. 같은 책을 수백 번도 더 읽어 책들이 너덜너덜해졌다고 한다. 프랑스 황제 나폴레옹은 전쟁터에 갈 때도 수레에 책을 가득 싣고 가서 읽었다고 한다.

세계에서 가장 존경받는 대통령인 링컨은 초등학교도 마치지 못했다. 그랬던 그가 변호사가 되고, 대통령이 될 수 있었던 것은 책을 읽고 실력을 길렀기 때문이다.

『크리스마스 캐럴』,『위대한 유산』을 쓴 영국 작가 찰스 디킨스는 집이 가난해 학교라고는 고작 4년밖에 다니지 못했지만 꾸준한 책 읽기와 글쓰기를 통해 셰익스피어에 버금가는 세계적인 작가가 되었다.

안철수 또한 이들 못지않은 소문난 책벌레다. 요즈음 책을 안 읽는 청소년들이 많다. 다들 책 읽을 시간이 없다고 말한다. 학교 공부며 학원 공부 등 이것저것 배우다 보면 그럴 수 있을 것이다. 그러나 책 읽는 청소년은 꾸준히 책을 읽는다. 내가 아는 청소년은 일주일에 세 권씩 책을 읽는다. 그리고 읽은 책의 내용을 독서 노트에 꼬박꼬박 적어둔다. 학교 성적은 전교 1, 2등을 다툰다. 어떻게 그럴 수 있을까, 하고 반문하는 청소년들도 있을 것이다. 하지만 책 읽는 습관을 들인다면 충분히 가능하다. 지금부터라도 책 읽는 습관을 들이도록 노력해야 한다.

책 읽는 좋은 방법 ★ ★ ★ ★ ★

책을 읽을 때는 자기만의 좋은 독서 방법을 갖는 것이 중요하다. 왜냐하면 사람마다 성격이 다르고, 생활 방식도 다르기 때문이다. 그래서 자신에게 잘 맞는 방법을 택한다면 효과적인 책 읽기를 할 수 있다.

첫째, 조금씩 읽더라도 매일 꾸준히 읽어야 한다. 잠들기 전이나 일상 생활 중 틈틈이 읽는 게 좋다. 이렇게 꾸준히 읽다 보면 자신도 모르게 습관이 든다. 그런데 어떤 학생들을 보면 한꺼번에 읽으려고 한다. 이런 책 읽기는 자칫 싫증을 느끼게 하여 책으로부터 멀어지게 한다.

둘째, 읽은 책은 반드시 독서 노트에 정리해야 한다. 책을 읽고 나면 느끼게 되고 생각하게 된다. 짧게라도 자신의 생각을 적어두면 나중에 큰 도움이 된다. 그뿐만 아니라 책 내용을 오래도록 기억하는 데 도움을 준다. 또 메모하고 정리하는 습관을 길러주어 많은 도움을 받게 된다.

셋째, 읽은 것을 가족에게나 친구에게 들려준다. 자신이 감동 깊게 읽은 책은 가족이나 친구에게 들려주는 것이 좋다. 그러면 자신이 한 이야기에 대해 반응을 보이게 된다. 그러다 보면 책 읽는 즐거움을 느끼게 되어 책 읽는 습관을 기를 수 있다.

넷째, 감동적인 부분이나 좋은 표현은 밑줄을 그어가며 읽어야 한다. 책을 읽다 보면 감동적인 부분, 표현이 뛰어난 부분 등이 있다. 이런 부분은 밑줄을 그어 반복해서 읽는 것이 좋다. 그래야 필요할 때 얼른 찾아볼 수 있다. 또한 표현력과 어휘력을 기르는 데 도움이 되고, 정서적으로 안정되어 차분한 마음을 기르는 데 도움을 준다.

다섯째, 다양한 분야의 책을 읽어야 한다. 편식이 몸에 나쁘듯 편독 또한 다양한 사고력을 기르는 데 방해가 된다. 여러 가지 지식과 지혜를 기르고 싶다면 다양한 분야의 책을 읽어야 한다.

책 읽는 습관만 기를 수 있다면 누구나 책벌레가 될 수 있다. 안철수가 많은 책을 읽게 된 것도, 어렸을 때부터 길렀던 독서 습관 때문이다. 오늘의 안철수를 있게 한 일등 공신은 단연 책이다. 책은 그에게는 분신과 같다. 독서 습관은 안철수에게 많은 것을 선물해주었다. 안철수처럼 인생을 살고 싶다면 다양한 분야의 많은 책을 읽어야 한다. 책과 더불어 생활하는 지혜로운 청소년이 되어야 한다.

02
새로운 생각이 새로운 나를 만든다

새로운 생각하기 ★ ★ ★ ★ ★

고여 있는 물은 생명이 없다. 고여 있는 물은 썩기 때문이다. 물은 쉬지 않고 흘러야 한다. 강물은 흐르면서 물고기에게 생명의 쉼터가 되어 주고, 풀과 나무, 사람들에게 물을 공급해준다. 물이 흘러야 살아 있는 생명이 존재한다.

생각도 마찬가지다. 매일 똑같은 생각만 한다면 발전이 없다. 같은 생각은 아무리 해보았자, 새롭게 발전하는 데 전혀 도움이 되지 못한다. 이렇듯 변하지 않은 생각은 죽은 생각이다.

『마음을 열어주는 101가지 이야기』로 잘 알려진 작가 잭 캔필드는 이렇게 말했다.

"자신에게 물어보라. 난 지금 무엇인가를 변화시킬 준비가 되었는지를."

새로운 내가 되려면 마음가짐과 몸가짐이 되어 있어야 한다. 마음가짐은 되어 있는데 몸이 따라주지 않으면 아무 소용이 없기 때문이다. 안철수는 끊임없이 자신을 새롭게 하고자 노력했다.

그가 의사를 그만둔 것은 자신을 새롭게 하기 위해서였다. 이런 결정을 한다는 것은 보통 사람으로서는 할 수 없는 일이다. 일반적으로 의사라는 직업은 선망의 대상이기 때문이다. 하지만 안철수는 미련 없이 그만두고 안철수연구소를 설립하였다. 처음에는 작은 사무실에 책상 두 개만 있는 초라한 회사였다. 회사 운영비도 넉넉지 못했다. 그러나 안철수는 흔들리지 않았다. 자신에게는 새로운 꿈이 기다리고 있었기 때문이다. 그는 이리저리 찾아다니며 안철수연구소를 홍보하고, 백신 제품을 설명했다. 몸은 하나지만 몇 사람의 몫을 해냈다. 그렇게 열심히 하다 보니 새로운 직원을 뽑을 만큼 발전하였다.

안철수는 백신 개발에 몰두하던 중 새로운 공부를 해야겠다고 생각했다. 그래서 미국 유학을 결심하였다. 때마침 유학을 가기로 한 그에게 좋은 일이 생겼다. 회사 일과 공부를 병행해야 하는 그의 걱정을 덜어주는 일이었다.

'한글과 컴퓨터'에서 안철수연구소가 개발한 컴퓨터 백신 프로그램인 'V3'를 판매하는 권리와 함께 제품도 판매하기로 한 것이다. 말하자면 안철수가 해야 할 일을 대신해주겠다는 말이었다. 안철수는 공부와 백신 프로그램 연구만 하면 되었다. 이렇듯 노력하는 사람에게는 행운이 찾아오기도 한다.

걸림돌은 뛰어넘기 ★ ★ ★ ★ ★

1995년 미국 펜실베이니아대학교 공과 대학에 유학 간 안철수는 영어로 공부해야 하는 어려움이 있었지만, 강의를 녹음하고 필기도 꼼꼼하게 했다. 그래도 막히는 게 있으면 교수에게 도움을 요청하여 반드시 알고 넘어갔다. 그에게 있어 대충한다는 것은 있을 수 없는 일이었다. 그렇게 꾸준히 반복하면서 어려움을 하나씩 헤쳐나갔다. 그런데 문제가 생겼다. 공부하며 이메일로 오는 회사 일을 처리하느라 무리하다 보니 체력에 한계가 왔다. 이틀에 한 번은 밤을 새웠는데 그게 원인이 되었다.

안철수는 한 시간을 세 시간, 네 시간으로 썼다. 남들처럼 잠을 잔다는 것은 그에게는 꿈같은 이야기였다. 안철수는 자신을 혹사하면서까지 공부와 일에 매달렸다. 그는 힘들 때마다 자신에게 마법을 걸었다.

"넌 해낼 수 있어. 반드시 해낼 거야."

이렇게 스스로 마법을 걸자 다시 용기가 생겼다. 1997년 힘들게 노력한 끝에 공부를 마칠 수 있었다. 한국으로 돌아온 안철수는 새로운 각오로 회사 일을 했다. 그러자 회사는 나날이 발전하였다. 직원들이 마음 놓고 일할 수 있도록 사무실 환경도, 처우도 불편하지 않게 해주었다. 안철수연구소는 누구나 부러워하는 회사로 성장하였다.

2005년 어느 날 안철수는 새로운 결심을 했다. 안철수연구소 대표직을 사임하기로 한 것이다. 그리고 자신은 이사회 의장 및 최고 학습 책임자를 맡기로 했다. 대표직을 사임한 그는 한국과학기술원 석좌 교수로 학생들을 가르쳤다. 학생들을 가르치는 일은 색다른 매력이 있었다. 강의는 그에게 새로운 활력소가 되었다.

그러나 젊은 학생들과 생활하다 보니 더 많은 공부와 연구가 필요함을 느꼈다. 그는 새로운 결심을 했다. 경영학을 공부하기로 한 것이다. 안철수는 두 번째 유학을 떠났다. 그는 미국 펜실베이니아대학교 와튼스쿨에서 경영학을 공부하였다. 그리고 2년 후 경영학 석사 학위를 받고 귀국하여 다시 학생들을 가르쳤다. 그는 자신의 모든 지식과 지혜를 전해주기 위해 노력했다.

2011년 안철수는 다시 새로운 도전을 하였다. 서울대학교 융합과학기술대학원 원장으로 초청을 받고 원장에 취임하였다.

변화를 유도하면 리더가 되고, 변화를 받아들이면 생존자가 되지만 변화를 거부하면 죽음을 맞게 된다는 말처럼 새로운 도전을 하다 보면 자신의 길을 가로막는 걸림돌이 나타난다. 일이 뜻대로 잘 안 되기도 하고, 지쳐서 고통을 호소하게 되고, 건강을 해치기도 한다. 이런 걸림돌을 만나게 되면 사람들은 도전을 포기한다. 그러나 진실로 강한 사람은 절대로 포기하지 않는다.

영국의 사상가 토마스 칼라일은 다음과 같이 말했다.

"길을 가다 돌을 만나면 약자는 그것을 걸림돌이라 말하고, 강자는 그것을 디딤돌이라 말한다."

안철수가 바로 강자 같은 사람이다. 그는 아무리 어렵고 힘들어도 자신이 계획한 것은 절대 포기하지 않았기에 목표를 이룰 수 있었다. 안철수는 늘 자신을 가만히 두지 않았다. 자신의 일을 너무도 사랑했기 때문에 늘 새로운 생각을 했고, 생각한 것은 반드시 행동으로 옮겼다.

미래를 보는 눈 기르기 ★ ★ ★ ★ ★

남과 다르게 사는 사람들은 현실에 절대 안주하지 않는다. 늘 새로운 생각을 하고, 그 생각을 실천에 옮기고자 노력한다. 이는 빛나는 자신의 미래를 위해서다. 스티브 잡스는 불행한 어린 시절을 딛고 일어나 창조적인 아이디어로 세상을 바꾼 사람이다. 사람들은 그에게 열광했고, 그의 삶에 경의를 표했다.

안철수가 유학을 가서 힘들게 공부한 것은 아름다운 미래를 위해서다. 미래는 더욱 새로운 것을 필요로 한다고 생각했다. 여기서 안철수가 남과 다른 마음을 가진 사람이라는 것에 주목해야 한다.

안철수는 단지 자신만 잘되려고 열정을 바쳐가며 새로운 일에 도전하지 않았다. 자신은 물론 이웃과 사회, 우리나라 국민 모두가 잘되는 삶을 위해서였다. 안철수는 의사를 그만둔 것에 대해 이렇게 말했다.

"의사로서 계속 생활했다면 훨씬 단순하고 집중할 수 있는 생활을 했겠지만 의사를 그만두고 나서야 다채로운 경험을 할 수 있었기 때문에 후회하지 않는다."

이 말을 보면 그가 왜 새로운 일에 늘 마음을 두고 도전하는지를 잘 알 수 있다. 그가 도전하는 것은 앞에서도 말했지만 모두를 위해서다. 이에 대해 오버스트리트 교수는 말했다.

"무엇보다도 필요한 것을 알려주고 그것을 충족시킬 줄 아는 사람은 전 세계 어디를 가든 여유롭게 살 수 있다. 그러나 필요를 충족시킬 줄 모르는 사람은 고독하게 살게 된다."

어디를 가든 꼭 필요한 사람이 되는 것처럼 기분을 좋게 하는 것은 없다.

"나는 당신이 꼭 필요합니다."

"우리는 당신을 필요로 합니다."

이런 말을 듣기 위해서는 자신을 충족시킬 수 있어야 한다. 자신을 충족시키려면 부단한 노력이 필요하다. 그리고 조건이 갖추어졌을 때 비로소 어디서든 자신을 필요로 하게 된다.

조건을 갖추지 못한 사람을 요구하는 사람이나 직장은 없다. 조건을 갖춘 사람만이 선택을 받을 수 있고, 특별 대우를 받게 된다.

인생이란 멈추지 않고 달리는 시간과 같다. 그러나 어느 순간에 가면 서게 된다. 그것은 인간이 유한한 존재기 때문이다. 스스로 충족시키고 누군가에게 필요한 존재로 사느냐 아니면 필요 없는 존재로 사느냐 하는 것은 오직 자신에게 달렸다.

미래를 바라보는 안철수의 눈은 매우 정확하다. 지금 안철수에게 일어나는 모든 일을 보면 그의 생각대로 되고 있다는 것을 알수 있다. 그는 오늘의 자신이 있기까지 최선을 다했다. 그리고 지금도 최선을 다하고 있다.

03
좋아하는 일에 집중하기

운명의 컴퓨터를 만나다 ★ ★ ★ ★ ★

안철수는 대학교 3학년 때 처음으로 컴퓨터를 보았다. 친구의 애플 컴퓨터였다.

"이게 컴퓨터야?"

"그래. 애플 컴퓨터야."

"애플 컴퓨터?"

"응."

안철수의 눈에 비친 컴퓨터는 이제껏 볼 수 없었던 진기한 물건처럼 아주 흥미로웠다. 친구는 컴퓨터로 여러 가지를 보여주었다. 마치 묘기를 보는 것처럼 신기했다. 안철수의 눈은 호기심으로 가득 찼다. 그때 너무나 컴퓨터가 갖고 싶었다. 그리고 어떻게 만들어졌는지 당장 뜯어보고 싶었다. 궁금한 건 못 참는 그의 호기심이 발동했던 것이다.

"이런 컴퓨터는 얼마 정도 해?"

"100만 원이야."

"100만 원?"

안철수는 100만 원이라는 말에 깜짝 놀랐다.

100만 원은 큰돈이었다. 그때 안철수의 한 달 용돈은 6만 원이었다. 그러니 놀라는 건 당연했다. 안철수는 컴퓨터가 매우 갖고 싶었지만 꿈을 접어야 했다. 100만 원이나 하는 컴퓨터를 사달라고 부모님에게 말할 수는 없었다.

그런데 1년 후 놀라운 일이 생겼다. 100만 원이나 했던 컴퓨터를 30만 원에 살 수 있었던 것이다. 그러나 30만 원을 모으려면 5개월분 용돈을 모아야 했다. 하는 수 없이 안철수는 부모님에게 도움을 요청했다. 컴퓨터가 너무 갖고 싶어 더 이상은 미룰 수 없었다.

"어머니, 드릴 말씀이 있어요."

"말해보세요."

"저, 컴퓨터가 필요해요."

"컴퓨터가요?"

"네. 컴퓨터를 사서 꼭 배우고 싶어요."

"그래요. 그럼 사야지요."

"그런데 가격이 좀 비싸요."

"얼마나 하는데요?"

"30만 원이에요."

"그래도 우리 아들이 필요하다면 사야지요. 아버지도 흔쾌히 허락하실 거예요."

"고마워요, 어머니."

안철수의 말에 부모님은 컴퓨터를 사 주었다. 컴퓨터를 산 안철수는 겨울 방학 내내 컴퓨터와 씨름을 하며 보냈다. 컴퓨터의 작은 모니터를 통해 게임을 하는 것이 너무나 재미있고 신기했던 것이다. 안철수는 '컴퓨터 게임'에 푹 빠졌다. 밤을 설쳐가며 매일 컴퓨터 게임을 했다. 하지만 안철수는 자제할 줄 알았다. 게임 시간을 줄이고 해야 할 일은 반드시 해냈다. 자제할 줄 아는 것은 매우 중요하다. 그렇지 않으면 잘못된 길로 가거나 나쁜 결과를 낳을 수 있기 때문이다.

안철수는 게임광이 되었다. 그런데 단순히 게임을 즐기기만
한 것이 아니었다. 게임을 통해 컴퓨터의 원리를 파악하게 되었던
것이다. 안철수는 1986년 선배에게 돈을 빌려 조립한 컴퓨터인
IBM 컴퓨터를 샀다. 또다시 새로운 컴퓨터에 빠져들었다.

그가 대학원 박사 과정을 밟고 있던 어느 날 이상한 일이 생겼
다. 컴퓨터 화면이 움직이지 않았던 것이다. 아무리 애를 써도 컴
퓨터는 꿈쩍도 하지 않았다.

"이상하다. 컴퓨터 화면이 왜 안 움직이지?"

안철수는 컴퓨터 화면이 움직이지 않자 너무 답답했다. 그렇
다고 해서 가만히 있을 그가 아니었다. 안철수는 그동안 익힌 컴퓨
터의 작동 원리와 책을 보며 그 원인을 알아내고자 했다. 그는 자
신의 컴퓨터와 50개나 되는 디스켓을 샅샅이 검사해보았다. 그러
자 세 장의 디스켓에 문제가 있다는 사실을 발견하였다. 안철수는
그것이 컴퓨터 바이러스라는 걸 알게 되었다. 컴퓨터가 작동하지
않은 원인은 바이러스 감염 때문이었다. 컴퓨터 바이러스라는 이
상한 글자가 컴퓨터 화면에 원을 그리며 둥둥 떠돌았는데 그것이
바이러스에 감염되었다는 증거였다. 원인을 알게 된 안철수는 오

기가 생겼다.

"좋아, 이번에는 반드시 감염 원인을 밝혀내고 말겠어."

그는 컴퓨터 디스켓을 샅샅이 살피며 감염 원인을 알아내고자 밤을 새웠다. 안철수의 집중력은 정말 놀라웠다. 그는 꼼꼼히 디스켓을 분석한 끝에 드디어 원인을 찾아냈다. 그것은 'C Brain'이라는 컴퓨터 바이러스인데 파키스탄에서 처음 나온 것이었다. 어떤 형제가 컴퓨터 가게를 차려 자신들이 만든 프로그램을 팔아 돈을 벌려고 했는데 불법 복제가 되어 떠돌았다. 어쩔 수 없이 그들은 사업의 꿈을 접어야만 했다. 이에 화가 난 형제는 불법 복제를 한 사람들에게 복수를 하고자 바이러스를 만들었던 것이다.

그때 사람이 바이러스에 감염되는 것처럼 컴퓨터도 바이러스에 감염된다는 것을 알았다. 안철수는 작동 방법을 찾고자 연구하였다. 그리고 마침내 컴퓨터 화면을 움직이게 했다.

"서, 성공이다!"

안철수의 입에서는 자신도 모르게 탄성이 터져 나왔다. 꿈만 같았다. 자신이 그 방법을 알아냈다는 게 믿어지지 않았다.

어느 날 학교 후배가 안철수에게 바이러스를 치료할 방법을 물었다.

"선배님, 컴퓨터가 바이러스 때문에 작동이 되지 않아요. 무슨 방법이 없을까요?"

"방법이 있어요."

"그래요?"

"네. 얼마 전에 바이러스에 감염된 컴퓨터를 내가 직접 고쳤거든요."

"네? 그게 정말이에요?"

안철수의 말에 후배는 믿기지 않는다는 듯 놀란 얼굴을 하며 말했다.

"사실이에요."

"어떻게 고쳐요?"

안철수는 미소를 지으며 바이러스를 치료하는 방법을 알려주었지만 후배는 이해하지 못했다. 안철수는 후배의 모습을 보고 자신이 직접 컴퓨터 바이러스 치료법을 만들기로 마음먹었다.

"치료법을 만드는 데 몇 년이 걸리더라도 할 거야. 꼭 해내고 말겠어."

안철수의 결심은 대단했다. 자신의 모든 것을 다 바치기로 했다. 그의 도전 정신이 발동한 것이다.

안철수는 컴퓨터 바이러스 치료법에 대해 차근차근 연구해 나갔다. 그러나 생각처럼 쉽지 않아 때로는 허탈감에 빠지기도 했다. 그러나 포기하지 않았다. 안철수는 밤을 새우며 분석한 끝에 바이러스가 감염된 과정을 역으로 추적해나가면서 마침내 컴퓨터 바이러스 치료 프로그램을 만들어냈다.

"만세! 드디어 만들었다. 내가 컴퓨터 바이러스 치료 프로그램을 만들다니……."

우리나라에서는 처음 있는 일이었기 때문에 안철수는 뛸 듯이 좋아했다.

"이름을 붙여야 하는데, 뭐라고 할까?"

안철수는 컴퓨터 바이러스 치료 프로그램에 이름을 붙이기로 하고 곰곰이 생각했다. 한참을 생각하던 그는 입가에 미소를 띠며 중얼거렸다.

"예방을 하는 컴퓨터 치료 프로그램이니까 백신이라고 하는 게 좋겠어."

안철수는 치료 프로그램 이름을 '백신'이라고 했다. 자신이 생각해도 마음에 들었다. 이것이 'V3' 최초 버전인 'V1'이다. 안철수는 자신이 만든 백신 프로그램을 언론사에 알렸다. 많은 사람에게 알려 바이러스로부터 컴퓨터를 보호하기 위해서였다.

"백신 프로그램을 무료로 준다면서요?"

백신을 나눠준다는 소문을 들은 사람들로 언론사는 떠들썩했다. 백신을 가져가기 위해서였다. 안철수의 집중력과 도전 정신은 불가능해 보이는 것을 가능하게 했다. 이처럼 그의 집중력은 놀라웠다.

안철수는 자신이 좋아하는 일에 몰입하면 옆에서 누가 큰 소리를 쳐도 모를 정도다. 그가 대학 도서관에서 공부하고 있을 때였다. 갑자기 천둥 번개가 치면서 비가 내렸다. 같이 공부하던 친구가 안철수에게 아무리 비가 온다고 말해도 알아듣지 못해 친구는 혼자 도서관을 나갔다. 그러는 가운데 한 명 두 명 도서관에 있던 학생들이 모두 빠져나갔다. 잠시 공부를 멈춘 그는 도서관에 자신만 있다는 걸 알게 되었다.

"뭐야? 혼자만 가고."

안철수는 이렇게 중얼거리며 주섬주섬 책을 가방에 넣고 도서관을 빠져나왔다. 안철수는 공부하거나 책을 읽을 때, 또는 자신이 좋아하는 일에 집중할 때면 아무리 시끄러운 일이 벌어져도 알지 못했다. 그만큼 그의 집중력은 뛰어났다.

안철수가 집중력이 뛰어날 수 있었던 것은 선천적이기도 하지만, 어린 시절부터 길러진 독서 습관의 영향이 크다. 독서는 그에게 풍부한 지식을 길러주고, 집중력까지 높여주었다.

요즘 산만한 학생들이 많다. 한 자리에서 단 몇십 분도 집중하지 못한다. 계속 왔다 갔다 하고, 냉장고 문을 연다. 이렇게 하는 공부는 그다지 도움을 주지 못한다. 집중력이 떨어져 오래 기억할 수 없기 때문이다.

자신이 하는 일을 효과적으로 하고 싶다면 집중력을 높여야 할 것이다. 오랫동안 꾸준히 하는 습관을 들이며 실천해야 한다.

뜻을 세우고 도전하다 ★ ★ ★ ★ ★

날이 갈수록 이름을 알 수 없는 바이러스들이 생겨났다. 나쁜 마음을 갖고 바이러스를 퍼트리는 사람들 때문이었다. 바이러스 때문에 귀중한 자료를 잃고 당황해 하는 사람들이 곳곳에서 울상을 지으며 하소연을 했다.

안철수는 새로운 바이러스가 나올 때마다 혼자서 만든 백신을 계속해서 무료로 나누어주었다. 안철수는 힘든 의학 공부와 컴퓨터 바이러스 백신 프로그램을 연구하느라 매일 새벽에 일어났고 낮에는 박사 과정을 공부했다. 그는 자는 시간을 줄여 잠시도 쉴 틈이 없었지만, 집중해서 노력한 끝에 두 가지를 성공적으로 해냈다. 대단한 끈기였다.

안철수는 해군 군의관으로 입대하기 하루 전날까지 밤을 꼬박 새우며 바이러스 백신 프로그램을 만들었다. 그는 백신을 만드느라 가족과 제대로 인사도 못하고 군 부대에 입대하였다. 안철수의 머릿속에는 백신 프로그램밖에 없었다. 시간이 지나면서 안철수에게 관심을 보이는 사람들이 점점 늘어나기 시작했다.

"안철수가 의사라며?"

"응. 그렇다네."

"의사가 백신 프로그램을 만들다니, 참 대단한 사람이야."

"그러게 말이야. 남들은 한 가지도 못하는데 두 가지를 해내다니……."

"한국의 빌 게이츠네."

사람들은 안철수를 '한국의 빌 게이츠'라고 불렀다. 안철수는 하루아침에 유명한 사람이 되었다. 그러나 그는 조금도 달라지지 않았다. 언제나 겸손했고 새로운 백신 프로그램 만드는 일에만 열중했다.

군 복무를 끝내고 제대한 안철수는 자신을 찾는 사람들 때문에 컴퓨터에 더욱 열정을 쏟아야 했다. 그러다 보니 한 가지 고민이 생겼다. 그것은 앞으로 자신이 해야 할 일에 대한 것이었다. 안철수는 며칠을 곰곰이 생각하고 또 생각하였다. 그는 의사가 되어 부유하게 살 수도 있지만 컴퓨터와 관련된 일을 하기로 했다. 새로운 일에 본격적으로 도전하고 싶었던 것이다.

안철수는 자신의 생각을 아내에게 말했다.

"컴퓨터와 관련된 일을 하고 싶은데 어떻게 생각해요?"

"그래요? 당신이 하고 싶으면 하세요."

"정말 그래도 돼요?"

안철수는 순순히 동의하는 아내의 말에 다시 한 번 물어보았다. 대답이 너무 쉬웠기 때문이었다.

"네. 그렇게 해요."

"정말 고마워요."

"고맙긴요. 자신이 하고 싶은 걸 해야지요."

아내는 흔쾌히 동의해주었다. 안철수는 자신을 이해해주는 아내가 고마웠다. 그리고 자신의 결정이 옳았다는 것을 보여주기 위해서라도 최선을 다하기로 했다.

안철수는 새로운 도전을 위해 백신 프로그램 연구에 몰두했다. 전에는 의사 일과 백신 만드는 일을 동시에 했지만, 이제는 한 가지 일에만 집중하면 되기 때문에 더욱 열정을 가지고 할 수 있었다. 안철수는 '비영리 컴퓨터 연구소'를 만들자고 했지만 누구도 따라주지 않았다. 영리를 목적으로 하지 않는 일에는 관심을 보이지 않았던 것이다. 안철수는 자신의 뜻을 이루지 못해 실망스러웠지만 그렇다고 포기하지 않았다. 안철수는 생각 끝에 벤처 기업을 세웠다.

그는 회사 이름을 '안철수연구소'라고 지었다. 비록 작고 초라한 회사지만 열정을 다 바칠 각오로 두 주먹을 불끈 쥐었다. 안철수의 노력으로 "안철수가 만든 백신은 외국 프로그램 못지 않다"라는 소문이 나기 시작했다. 안철수는 더 나은 백신 프로그램을 만들고자 책을 읽으며 끊임없이 연구했다.

그러던 어느 날 안철수는 새로운 공부를 해야겠다고 생각했다. 날이 갈수록 한계를 느꼈기 때문이다. 컴퓨터 사업을 제대로 하려면 컴퓨터 산업이 발달한 나라에서 관련 공부를 해야 한다고 생각했다. 그래서 안철수는 유학을 가기로 했다. 그리고 미국으로 유학을 떠나 새로운 공부를 했다. 새로운 것은 공부든 일이든 안철수에게는 즐겁고 신 나는 일이었다.

우리 청소년들도 어른이 되면 성공해서 행복하게 살고 싶을 것이다. 여기서 한 가지 알아두어야 할 것은 그 어떤 성공도 그냥 이루어지는 것은 없다는 것이다.

안철수의 성공 비결 중 가장 중요한 것은 자신이 좋아하는 일을 집중해서 한 점이다. 자신의 꿈을 이루고 성공하고 싶다면 뜻을 세우고 끈기 있게 도전해야 한다. 끈기는 무슨 일이든 성공하게 하는 힘이다.

04

실천하라, 목표를 이룰 때까지

자기를 이기는 습관 ★ ★ ★ ★ ★

아무리 멋진 꿈이라 해도 저절로 이루어지는 것은 아니다. 그림을 잘 그리려면 스케치북이 있어야 하고, 물감이 있어야 한다. 그리고 최종적으로 직접 그림을 그려야 한다. 그것도 대충해서는 안 된다. 손목이 아플 때까지 그려야 한다. 그래야 좋은 그림을 그릴 수 있다. 이와 마찬가지로 꿈을 이루고 싶다면 자신의 꿈을 분명하게 정하고, 구체적으로 계획을 세워야 한다.

더욱 중요한 것은 포기하지 않고 끝까지 해내는 끈기와 인내심이다. 끝까지 해내지 못한다면 아무리 꿈이 훌륭하다고 해도 그것은 그림의 떡에 불과하기 때문이다. 사람들은 꿈을 꾸지만 꿈을 이루는 사람은 많지 않다. 그 이유는 끝까지 해내는 끈기와 인내심이 부족해서다.

끈기와 인내심이 강한 사람은 자기를 이기는 사람이다. 세상에서 자기를 이기는 것만큼 힘든 일은 없다. 자기를 이기는 것은 남을 이기는 것보다 몇 배나 힘든 일이다. 안철수는 자기를 이길 줄 아는 사람이다. 의학 공부는 그 자체만으로도 힘든 공부다. 두툼한 영어 원서를 읽어야 하고 수시로 실습을 해야 한다. 그렇게 하려면 잠자는 시간을 줄여야 하고, 잠시도 한눈팔아서는 안 된다.

그런데 안철수는 밤낮으로 컴퓨터 바이러스 백신 프로그램을 만드는 일까지 했으니 얼마나 힘들었을까? 안철수도 힘들 때 '내가 왜 이렇게 힘들게 해야 할까?' 하는 생각을 하기도 했다. 그러나 그것도 잠시뿐이었다. 안철수는 힘들고 포기하고 싶을 때마다 자신을 격려했다. 그렇게 스스로 격려하면 용기가 생겼다. 누군가가 자신의 마음을 따뜻하게 위로해주는 것 같았다. 그래서 포기하고 싶은 마음이 들 때마다 이겨낼 수 있었다.

안철수는 사명감을 느끼고 바이러스 백신 프로그램 만드는 일은 자신이 해야 한다고 생각했다. 안철수의 자신을 이기는 습관은 안철수연구소를 설립하면서도 큰 위력을 나타냈다.

"여러분, 우리 모두 컴퓨터 바이러스와 싸워 이깁시다! 우리가

지면 우리는 물론 우리나라가 지는 것입니다."

안철수는 컴퓨터 바이러스와의 전쟁에서 반드시 이기자고 직원들에게 말했다. 그의 말 속에는 강한 의지가 담겨 있었다. 그것을 본 직원들도 의지를 굳게 하고 만반의 준비를 했다.

안철수는 각 신문사와 잡지사 등에 컴퓨터 바이러스의 위험성을 알렸다. 컴퓨터 바이러스를 조심하지 않으면 귀중한 정보를 잃고 큰일을 겪게 된다고 호소했다. 그는 마치 위기에 빠진 나라를 구하려는 독립투사와 같았다. 직원들도 사람들에게 철저한 예방을 부탁했다.

1999년 4월 26일은 'CIH 바이러스'가 1년에 한 차례 컴퓨터를 공격하는 날이었다. 단 한 차례지만 피해는 매우 컸기 때문에 조심해야 했다.

"여러분! 컴퓨터 바이러스를 조심하세요. 오늘 하루만 잘 넘기면 됩니다."

안철수는 계속해서 사람들에게 조심할 것을 알렸다. 하루만 컴퓨터를 사용하지 말고, 날짜를 4월 27일로 바꾸라고 말했다. 또 백신 프로그램을 내려받아 한 번만 검사를 해달라며 해결책을 알려주었다. 그러나 사람들은 안철수의 진심을 몰라주었다. 드디어 4월 26일이 되었다. 안철수가 그토록 걱정하던 일이 벌어지고 말았다. 사무실 전화는 끊임없이 울려 댔다.

"컴퓨터가 작동하지 않아요. 어쩌면 좋아요?"

"큰일 났어요! 우리 컴퓨터 좀 살려주세요!"

"안철수 사장님, 중요한 서류가 다 날아갔어요. 제발 좀 도와주세요!"

연구소 주변에 있는 사람들은 아예 컴퓨터를 들고 찾아왔다. 피해는 생각보다 매우 심각했다. 안철수는 그토록 애썼지만 사람들이 자신의 진심을 몰라주었다는 게 너무 안타까웠다. 그날 하루는 바이러스와 치열한 전쟁을 벌였다. 몸도 마음도 지칠 대로 지쳤다.

다음 날 사무실로 출근한 안철수의 얼굴은 극심한 피로감에 쌓여 있었다. 그의 기분은 매우 착잡했다. 그런데 이 일로 안철수와 안철수연구소는 널리 알려지기 시작했다. 사람들은 그제야 안철수란 사람이 얼마나 중요한 일을 하는지 알게 되었다.

안철수는 끝까지 자신이 컴퓨터 바이러스와의 전쟁에서 졌다고 생각했다. 말을 듣지 않은 건 바이러스에 무지한 사람들이었는데 안철수는 그것까지도 자신의 패배로 여겼다. 그만큼 승부 근성이 강했다. 안철수는 이번 일을 겪고 나서 두 가지 중요한 결심을 했다. 먼저 글을 써서 컴퓨터 바이러스의 피해를 알려 사람들의 생각을 바꾸겠다는 것이었다. 그다음은 자신이 직접 나서기로 했다. 사람들 앞에 서면 얼굴이 붉어지고, 말주변도 없었지만 직접 만나 컴퓨터 바이러스의 피해와 백신의 중요성을 알리기로 한 것이다.

안철수는 강연하고, 인터뷰하고, 글을 쓰며 컴퓨터 바이러스의 위험성에 대해 알렸다.

굳은 의지는 자기를 이기는 힘이다 ★ ★ ★ ★ ★

2003년 1월 25일 '웜'이라는 이름의 바이러스가 공격해왔다. 안철수는 진화하는 바이러스에 맞서 싸워야만 했다. 지금까지는 백신 프로그램을 나누어주었지만, 이젠 본격적인 바이러스와의 전쟁이 벌어진 것이다. 컴퓨터 바이러스도 생물처럼 진화한다는 것이 지금까지와는 전혀 다른 점이지만 크게 문제 될 건 없었다. 이에 대한 연구를 꾸준히 해 왔기 때문이다. 1년 전 안철수는 '시큐리티 대응 센터'를 만들었다. 시큐리티 대응 센터란 바이러스에 맞서 싸우는 정예 부대를 뜻한다. 안철수의 예상은 적중했다. 안철수와 직원들은 감시에 들어갔다. 얼마 후 해커들이 동시에 공격하기 시작했다. 바이러스 '웜'이 퍼져 나가기 시작한 것이다. 직원들이 최선을 다해 노력했지만 거세게 공격하는 바람에 막아낼 수 없었다.

피해를 입은 곳에서 아우성을 치며 하소연을 하였다. 안철수는 그대로 있을 수 없었다. 지금처럼 있으면 앞으로 어떤 일을 겪게 될지 몰랐다. 그때 마침 신문사와 방송국에서 또다시 안철수를 찾았다. 바이러스를 물리칠 수 있는 방법을 알려달라고 했다.

"정기적으로 컴퓨터를 점검해주십시오. 작은 관심만 기울여도 얼마든지 피해를 막을 수 있습니다."

안철수는 텔레비전 방송에 출연해서 이렇게 말했다. 그러나 날이 갈수록 점점 더 피해가 늘어났고 더욱 치열하게 바이러스와 싸워야 했다.

"어디 두고 봐. 내가 반드시 이기고 말겠어."

안철수는 입술을 깨물었다. 얼굴에는 반드시 이겨야겠다는 굳은 의지가 가득 넘쳐났다.

2005년 2월 3일, 또다시 놀라운 일이 벌어졌다. 수많은 바이러스가 공격했다. 아무리 막으려고 해도 점점 그 수가 늘어났다. 그런데 갑자기 이상한 일이 벌어졌다. 바이러스 감염 건수가 점점 줄어들기 시작한 것이다. 안철수와 직원들은 다행이라고 여기면서도 그 원인을 찾고자 애썼다.

얼마 후 원인을 알아냈다. 그것은 네티즌 때문이었다. 네티즌이 바이러스 감염을 막았던 것이다. 바이러스와의 싸움에서 승리한 안철수는 힘주어 말했다.

"컴퓨터 바이러스는 사람들이 만들어 내는 것입니다. 이를 막을 수 있는 백신도 사람이 만드는 것입니다. 그러나 더 중요한 것은 점검을 철저하게 하는 것이지요."

안철수는 눈물이 날만큼 기뻤다. 글을 쓰고, 방송을 하고, 여기저기 뛰어다니며 호소를 하고, 강연했던 노력이 드디어 성공을 거둔 것이다. 안철수의 끊임없는 노력으로 네티즌도 바이러스 공격에 대처하는 힘을 키운 것이다.

네티즌이 바이러스 공격으로부터 자신의 컴퓨터를 지켜낼 수 있는 힘을 갖게 되자, 안철수는 자신의 새로운 도전을 위해 미국 펜실베이니아대학교에 유학을 갔다. 몸을 혹사하면서까지 자신과의 싸움에서 이겨내고 경영학 석사 학위를 취득하였다. 한국에 돌아온 그는 한국과학기술원 석좌 교수로 학생들을 가르쳤다.

그런데 자신의 강의가 부족하다는 생각이 들었다. 안철수는 강의 실력을 쌓기 위해 그동안 꺼려왔던 외부 강연 요청을 수락하였다. 그 이유는 강의를 잘하기 위해서였다. 시간이 지나면서 강의에 자신감이 생겼다. 그렇게 되자 어디서든 자신의 생각을 잘 전하게 되었다. 안철수가 '청춘콘서트'를 하며 전국을 다니게 된 것도 강연에 자신감이 생겼기 때문이다.

안철수의 도전은 끝이 없다. 그는 자신에게 필요하다고 느끼면 즉시 실행에 옮겼다. 안철수는 이것에 대해 "장기 계획보다는 단기 계획을 세워 최선을 다한다"라고 말했다. 즉 어떤 일을 확실하게 해내려면 장기 계획은 그다지 도움이 되지 않는다는 것이다. 단기 계획을 세워 그때마다 최선을 다하면 목표를 이룰 수 있는 확률이 더 높다는 것이다.

왜 이기는 습관을 길러야 할까? ★ ★ ★ ★ ★

"자기 자신을 이겨냈을 때보다 더 신 나는 것은 없다. 내면의 오랜 적들을 물리치면서 내면의 승리를 얻고자 노력해야 한다."

이는 미국의 저술가인 배시 영이 한 말이다. 리처드 버크의 소설 『갈매기의 꿈』에는 조나단이란 갈매기가 나온다. 조나단은 동료 갈매기들이 뭐라 하든지 틈만 나면 하늘을 나는 연습을 했다. 갈매기들은 그런 조나단을 조롱하며 이상하게 생각했지만 조나단은 그런 것쯤은 모른 척 넘어갔다. 일일이 대응한다는 것은 자신의 꿈을 이루는데 아무런 도움이 되지 않았기 때문이다. 그리고 오랜 시간이 지나자 조나단은 가장 높이, 가장 멀리 나는 갈매기가 되었다. 조나단은 마침내 자신의 꿈을 이루었다. 이 작품을 쓴 리처드 버크는 아무도 알아주지 않는 무명 작가였다. 그렇지만 자신은 반드시 베스트셀러 작가가 될 것을 굳게 믿었다. 그는 "나의 작품이 전 세계적으로 인정받는 날이 반드시 오고야 말 것이다"라고 믿으며 그날을 향해 멈추지 않고 달려갔다.

그 결과 그는 유명한 작가가 되었다. 그의 소설『갈매기의 꿈』은 세계의 고전이 되어 널리 읽히는 명작이 되었다. 리처드 버크는 자신의 꿈을 방해하는 내면의 적을 물리치고, 세계적인 작가가 되었던 것이다. 작품 속 조나단은 바로 자신이었다.

노자는 자기를 이기는 것이 삶에서 매우 중요하다며 다음과 같이 말했다.

"남을 굴복시키는 사람은 강한 사람이다. 그러나 자기를 이기는 사람은 그 이상으로 강한 사람이다."

남을 굴복시키는 강한 사람도 자신을 이기지 못한다면 진실로 강한 사람이라고 할 수 없다. 그만큼 자신을 이긴다는 것은 어려운 일이다. 사람은 누구나 자신에게 관대하기 때문이다. 많은 사람이 남의 실수는 용서하지 못하면서 자신의 실수는 그대로 묵인한다.

그리고 이렇게 말한다.

"다음에는 실수하지 말아야지."

그러나 이렇게 말하고도 실수를 밥 먹듯 한다. 자신을 이기는 사람은 어떤 환경에 처하더라도 절대 흔들리지 않는다. 오히려 자신이 처한 환경에서 벗어나려고 더욱 강해지기 위해 노력한다.

자신의 뜻을 펼치려면 강해져야 한다. 자신을 극복하고 넘어서는 사람이 되어야 한다.

안철수는 부드러운 외모와 달리 승부 근성이 강하다. 그의 승부 근성은 바로 자신을 이기는 데 있다. 그는 자신을 이기기 위해 힘들고 어려운 일도 포기하지 않았다. 그런 끈기와 인내심이 자기를 이겨내는 습관을 갖게 했다.

안철수처럼 되고 싶은 청소년들이 있을 것이다. 그렇다면 오늘부터라도 독하게 마음먹고 안철수처럼 생각하고 실천해보자.

모든 것은 자신에게 달렸다. 그런데 자신이 잘못한 것을 주변 사람들을 탓한다면 스스로 못나게 하는 행동이다. 자신의 꿈을 이루고 싶다면 반드시 자기를 이기는 습관을 길러야 한다.

실천의 중요성

꿈을 이루려면 목표를 세우고, 세부적인 실천 계획을 세워야 한다. 목표보다 더 중요한 것은 실천이다. 목표란 실천하지 않으면 절대로 이룰 수 없는 하늘의 별과 같지만, 실천을 확실하게 해나간다면 반드시 달성할 수 있다.

안철수는 고등학교 2학년까지는 뚜렷한 진로 계획이 잡혀 있지 않았다. 대학 진학을 1년 앞두고 어떻게 그처럼 태연할 수 있을까, 하는 생각이 절로 들 정도였다.

안철수는 어린 시절부터 과학자의 꿈을 품고 있었지만, 이 또한 구체적인 계획에 의해서가 아니라 단지 생각으로만 하고 있었다. 그러던 그가 서울대학교 의과 대학에 가기로 한 것이다. 대단한 결심이라는 생각과 함께 한편으로는 너무도 터무니없는 결심이라는 생각이 든다. 당시 그의 성적으로는 상상할 수 없는 일이었기 때문이다.

그러나 안철수는 달랐다. 그는 당당하게 자신의 계획을 부모님에게 밝혔다. 안철수는 국어, 영어, 수학을 중심으로 치밀하게 계획을 세웠다. 국어는 책을 워낙 좋아해 좋은 성적을 받았지만 영어와 수학이 문제였다. 안철수는 교과서를 중심으로 기초부터 다시 철저하게 공부했다. 교과서 위주의 공부 방식은 그에게 있어 하나의 원칙이었다. 완벽하고 치밀하게 실천한 끝에 입시 준비 1년 만에 자신의 목표인 서울대학교 의과 대학에 합격하였다.

여기에는 안철수만의 독특한 방법이 있다. 안철수는 모든 일에서 장기 계획보다는 단기 계획을 선호하였다. 단기 계획은 집중해서 할 수 있고, 실천해나가는 동안 일의 진행 상태를 살필 수 있어 큰 도움이 된다는 것이다. 그의 이런 원칙은 언제나 지켜졌고, 그때마다 성공적인 결과를 이끌어냈다.

안철수의 경우에서 보듯 실천은 매우 중요하다는 걸 알 수 있다. 그런데 문제는 실천의 중요성을 알면서도 실천하지 않는다는 데 있다. 실천하지 않는 이유는 게으르고 의지가 약하기 때문이다. 실천을 잘하려면 실천력을 강하게 단련시켜야 한다.

안철수는 자신의 계획을 실천하기 위해 새벽 3시에 일어나 6시까지 바이러스 백신을 만들고 의학 공부를 하였다. 자신의 계획을 실천하기 위해 한시도 게으름을 피우지 않았다. 대부분 실패의 원인은 게으름 때문이다. 게으르면 공부도 운동도 그 어떤 것도 제대로 해낼 수 없다. 게으름은 실천의 적이다.

안철수는 강한 의지를 가졌다. 그의 의지는 한 번도 흐트러진 적이 없다. 어떤 일에서 실천하지 못하는 것은 의지가 약하기 때문이다. 실천력을 높이기 위해서는 의지를 강화시켜야 한다. 의지가 강해지면 실천력은 자연히 높아진다.

안철수는 자신이 할 수 없는 일은 계획하지 않았다. 그것은 인생을 낭비하는 무모한 일이라는 것을 잘 알기 때문이다. 실천을 가로막는 여러 가지 이유 중 하나가 실행할 수 없는 계획을 세우는 것이다. 실행할 수 없는 계획은 자신의 능력을 벗어나는 일이 대부분이다. 그런 계획은 세워봐야 소용이 없다. 실천력만 떨어뜨릴 뿐이다. 실천해나가다 보면 잘못도 할 수 있고, 실패도 할 수 있다. 잘못하지 않고 실패하지 않는 인생은 그 어디에도 없다. 실패는 다시 실천함으로써 얼마든지 극복할 수 있다.

평범한 의학도인 젊은이가 있었다. 그는 자신의 미래와 어떻게 살 것인가에 대해 구체적으로 생각해본 적도 없었다. 공부를 마치면 남들처럼 의사가 되는 것이었다. 어느 날 그는 우연히 어떤 글을 읽게 되었다. 그 글을 읽는 순간 무언가 새로운 것을 발견한 듯 가슴이 벅찼다.

"무언가를 이루기 위해서는 멀리 있는 것과 희미한 것이 아니라, 가까이 있는 확실한 것을 실천하라."

영국의 대표적 사상가인 토마스 카알라일의 말이었다. 그 글에서 뜨거운 열망을 느낀 것이다. 그날 이후 그는 지금과는 달리 자신으로부터 가까이 있는 것을 소중히 여기게 되었고, 꿈을 이루기 위해 하루하루 자신의 계획을 실천해나갔다. 그는 힘에 부치고 어려운 일이 있을 때마다 이 글귀를 떠올리며 힘든 일을 이겨 나갔다. 그는 자신의 계획을 실천하고자 열심히 노력했고, 마침내 자신이 꿈꾸던 것을 이루어냈다. 그는 바로 세계 최고의 의과 대학인 존스 흡킨스 대학을 세운 윌리엄 오슬러다.

평범했던 청년인 그를 열정적으로 만든 카알라일의 말은 그에게는 인생의 보석이었다. 윌리엄 오슬러는 카알라일의 말에 의지해 계획을 세우고 열심히 실천한 끝에 성공할 수 있었다.

새로운 것을 좋아하는 사람은 창조적 도전 정신을 가진 사람이다. 이런 사람은 자신이 꿈꾸는 것을 이루고 인생의 기쁨과 즐거움을 누리며 산다. 그러나 늘 그 자리에 머물기를 좋아하는 사람은 고정 관념에 뿌리박힌 사람이다. 이런 사람은 어두운 생각에 갇혀 있어 새로운 것을 봐도 감각이 없다. 고정 관념에 사로잡혀 있기 때문이다. 안철수는 언제나 새로운 것을 꿈꾸며 강인한 실천력으로 자신이 원하는 것을 하나씩 하나씩 이루어낸 끝에 사람들로부터 찬사를 받고 있다.

　새로운 것은 희망이고 미래다. 우리 청소년이 자신의 빛나는 미래를 꿈꾼다면, 새롭게 변화하기 위해 계획을 세우고 철저하게 실천해야 한다. 그러면 자신이 원하는 것을 얻게 될 것이다.

3장

원칙이 있는 삶은 아름답다

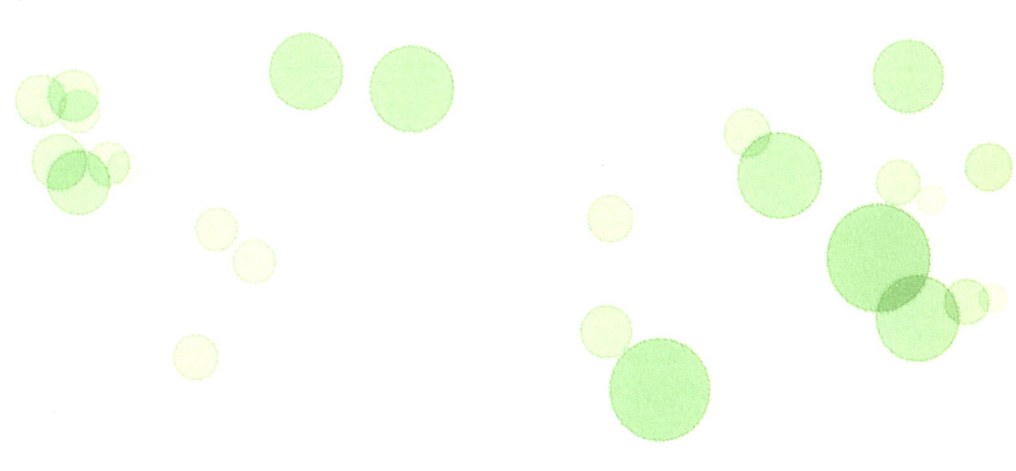

01

소신을 굽히지 않기

미국의 거대 백신 업체인 맥아피라는 컴퓨터 보안 회사가 있다. 이 회사의 회장은 빌 라슨이다. 빌 라슨은 세계 최고의 컴퓨터 보안 회사를 만드는 꿈을 갖고 있었다. 그는 모두가 인정하는 아주 유능한 CEO이다.

어느 날 맥아피사에서 안철수에게 연락이 왔다.

"안철수, 사장님이시죠?"

"네. 제가 안철수입니다."

"저는 맥아피사 직원입니다."

"네. 무슨 일입니까?"

"빌 라슨 회장님이 안철수 사장님을 만나고 싶어 합니다. 우리 회사를 방문해주시겠습니까?"

"무슨 일로 저를 만나자는 겁니까?"

"그건 만나서 말씀드리겠습니다."

"좋습니다. 그렇게 하지요."

"감사합니다."

맥아피사 직원은 기분 좋게 전화를 끊었다.

'무슨 일로 날 보자는 걸까?'

안철수는 곰곰이 생각하다 빌 라슨이 무슨 말을 하든 당당하게 만나야겠다고 주먹을 불끈 쥐었다. 안철수는 약속 시간에 맞춰 맥아피사로 향했다. 맥아피사는 미국 최첨단 산업의 심장인 실리콘 밸리에 있었다.

얼마 후 그를 태운 차가 실리콘 밸리 입구에 도착했다. 수많은 벤처 기업이 우후죽순처럼 길게 늘어져 장관을 이루고 있었다. 그 모습을 보자 가슴이 두근거렸다. 세계 최고의 최첨단 기술이 밀집된 곳이라는 생각이 들자 그는 들떴다.

'언젠가 나도 반드시 이곳에 우리 회사 사무실을 내고 말겠어. 그래서 세계적인 회사들을 물리치고 최고가 될 거야.'

안철수의 얼굴에는 굳은 의지가 태양처럼 반짝였다.

'빌 라슨 회장이 왜 날 만나자고 하는지는 모르지만, 어떤 일이 있어도 기죽지 말자. 한국형 컴퓨터 바이러스를 치료하는 프로그램은 우리 회사가 최고니까.'

마음을 굳게 먹자 자신감이 생겼다.

안철수의 소신 ★ ★ ★ ★ ★

잠시 생각에 빠져 있는 동안 차는 맥아피사에 도착했다. 한눈에 보기에도 시설이 매우 훌륭했다.

"어서 오세요. 빌 라슨입니다."

빌 라슨 회장이 직접 현관까지 나와 맞아주었다.

"안녕하세요. 안철수입니다."

"찾아주셔서 감사합니다. 자, 이리로 가시죠."

안철수는 빌 라슨 회장의 안내를 받으며 회의실로 갔다. 회의실로 들어간 안철수는 깜짝 놀랐다. 회의실 벽면에는 우리나라 지도가 붙어 있었고, 한글로 된 회의 자료가 준비되어 있었다. 빌 라슨 회장은 아주 치밀하게 준비하고 안철수를 맞았던 것이다.

"이리로 앉으시지요."

"네, 감사합니다."

안철수가 자리에 앉자 빌 라슨 회장이 맥아피사에 대해 직접 설명했다. 맥아피사가 큰 회사가 될 수 있었던 과정과 앞으로 계획하는 것에 대해 자세하게 설명했다. 설명을 마치고 빌 라슨 회장은 자신의 생각을 말했다.

"안철수 사장님, 회사를 우리에게 파십시오. 돈은 충분히 주겠습니다."

"네? 우리 회사를 팔라고요?"

안철수는 너무 뜻밖이라 놀랐다.

"네. 1천만 달러를 드리겠습니다. 어떻습니까?"

"1천만 달러를요?"

"그렇습니다."

1천만 달러는 우리나라 돈으로 100억이나 되는 큰돈이었다. 이 돈은 안철수연구소가 10년을 꼬박 벌어야 모을 수 있는 돈이다. 안철수는 순간 당황했다. 전혀 생각지도 못한 일이기 때문이었다.

안철수가 말이 없자 빌 라슨 회장은 초조하게 기다렸다. 곰곰이 생각하던 안철수가 입을 열었다.

"제안은 고맙지만, 우리 회사는 팔지 않겠습니다."

"돈이 적습니까?"

"아닙니다."

"그럼, 무엇 때문입니까?"

"저는 회사를 팔 생각을 한 번도 한 적이 없기 때문입니다."

안철수의 말에 맥아피사 임직원들은 이해할 수 없다는 표정이었다.

"원하는 게 있으면 말씀하세요."

"원하는 건 없습니다. 우리 회사는 아직은 작은 회사입니다. 저와 우리 회사 직원들은 꿈이 많은 젊은이입니다. 우리가 원하는 것은 우리 방식으로 회사를 크게 만드는 것입니다."

안철수는 자신의 생각을 당당하게 말했다. 빌 라슨 회장은 1천만 달러를 주면 회사를 단번에 팔 줄 알았던 것이었다. 왜냐하면 일본 컴퓨터 보안 회사 사장은 얼른 팔았기 때문이다. 당황한 빌 라슨 회장은 자신에게 컴퓨터 보안 회사를 판 일본 사장에게 전화를 걸어 안철수를 바꿔 주었다. 어떻게 해서든 안철수의 마음을 돌리려는 속셈이었다.

"안철수 사장님, 망설이지 말고 회사를 파십시오. 저는 그 돈으로 새로운 사업을 하고 있습니다. 저는 지금 아주 만족합니다. 1천만 달러라는 돈은 대단히 큰돈 아닙니까? 잘 생각하십시오. 좋은 기회니까요."

"말씀은 고맙습니다."

안철수는 전화를 끊고 말했다.

"빌 라슨 회장님, 다시 말씀드리지만 저는 회사를 팔지 않겠습니다."

"유감입니다."

"뜻은 고맙지만 저는 그만 돌아가겠습니다."

안철수는 사무실을 나왔다.

'아, 정말 아까워. 어떻게든 안철수연구소를 사들여야만 했는데, 역시 안철수는 다르구나. 확실히 보통 사람과는 달라.'

빌 라슨 회장은 오랫동안 준비한 자신의 계획이 실패로 끝나자 무척 아쉬워했다.

안철수의 신념 ★ ★ ★ ★ ★

안철수는 신념이 대단한 사람이다. 당시 안철수연구소는 직원들의 월급이 밀려 있는 상태였다. 그 때문에 안철수는 속을 태우던 중이었다. 그럼에도 안철수는 회사를 팔지 않았다. 자신의 노력으로 이룬 회사를 절대 팔 수 없었던 것이다. 안철수에게는 큰 꿈이 있었다. 그 꿈은 안철수연구소를 최고로 만드는 것이었다.

'앞으로도 누군가 1천만 달러 이상을 준다고 해도 안 팔 거야. 반드시 내 손으로 회사를 최고로 만들고 말겠어.'

안철수는 입술을 깨물며 굳게 다짐하였다. 그의 신념은 확고했다. 안철수가 회사를 팔지 않은 것은 미래를 생각했기 때문이다. 미래에는 지금보다 더 새로운 꿈이 기다리고 있다고 믿었다.

그러던 중 안철수에게 기회가 왔다. 1999년 4월 26일 CIH 바이러스 사건이 일어났다. CIH 바이러스 사고로 30만 대가 넘는 컴퓨터가 파괴되어 기업과 공공 기관 등에서 수천억 원의 피해가 발생했다. 이 사건은 컴퓨터 사용자들의 컴퓨터 바이러스에 대한 인식을 새롭게 바꾸어 놓았다. 사람들은 큰 관심을 보이기 시작했다. 컴퓨터 사용자들이 연구소에 관심을 보이는 만큼 매출은 늘어났다.

안철수연구소는 백신을 판매하면서 적자 회사에서 흑자 회사로 바뀌었다. 1999년 국내 소프트웨어 업체로는 한글과 컴퓨터에 이어 두 번째로 연 매출 100억 원을 돌파했다.

미래를 내다보는 안철수의 눈은 아주 정확했다. 그는 어려운 회사 사정에도 끝까지 회사를 지켜낸 끝에 지금과 같은 비전 넘치는 회사로 만들 수 있었다. 만일 그때 맥아피사에 회사를 팔았다면 안철수는 1천만 달러라는 돈으로 부자가 되어 잘살지는 몰라도 지금처럼 국민에게 희망을 주는 아이콘이 되지는 못했을 것이다. 그는 자신의 신념대로 혼자보다는 회사 직원 모두가 잘사는 길을 택했고, 그 선택은 그에게 새로운 희망을 가져다주었다.

흔들림 없는 마음의 중심, 신념 ★ ★ ★ ★ ★

신념은 모든 것을 가능하게 하는 긍정적인 힘의 원동력이다. 용기, 의지, 끈기, 패기, 불굴의 정신, 도전 정신은 강한 신념에서 나온다. 신념은 모든 성패를 가늠하게 하는 삶의 요소다. 그러기에 신념이 있느냐, 없느냐는 매우 중요하다.

또한 신념을 갖고 있다고 하더라도 신념의 강도가 더욱 중요하다. 신념이 강하면 성공할 확률이 높지만, 신념이 약하면 실패할 확률이 높기 때문이다. 신념이 없으면 그 어느 것도 자신의 소신대로 할 수 없다. 신념이 없으면 정신적 공황에 이른 것처럼 매사에 의지가 없고, 소망과 꿈도 불투명하다. 도무지 삶의 목표에 대한 집념이라고는 찾아볼 수도 없다.

'부뚜막의 소금도 집어넣어야 짜다'라는 말이 있듯 아무리 목표가 하늘을 찌를 듯이 장대해도 그것을 이루려는 신념이 약하거나 없다면 그것은 환상에 불과하다. 신념이 뚜렷하고 실천적 의지가 강하다면, 그 꿈을 이루는 것은 어렵지 않다.

사람들은 신념이란 말을 쉽게 하지만 그 의미를 잊고 사는 것 같다. 흔들림 없는 마음의 중심인 신념을 길러 신념이 강한 청소년이 되어야 세상을 이길 수 있다. 신념이 강한 사람들은 신념을 기르기 위해 많은 노력을 했다. 그들은 신념을 기르기 위해 마음을 다스리는 책을 읽고 그대로 따라서 해보기도 하고, 자신의 연약한 마음을 다독이며 몸과 마음을 하나로 모으고 정진하는 데 온 힘을 기울이며 노력하였다.

날마다 반복되는 일상에서 몸과 마음은 강인하게 변했고, 그것은 어떤 일에도 절대 좌지우지하지 않는 강직하고 곧은 신념이 되었다. 신념은 인간에게 매우 중요한 삶의 요소다. 또한 인간에게 끈기와 두둑한 배짱과 용기, 강인한 정신을 갖게 한다. 아무리 꿈이 멋지고 화려하다 해도 신념 없이는 꿈을 이룰 수가 없다. 그 꿈을 이루려면 반드시 강인한 신념이 뒷받침되어야 한다.

자신의 꿈을 이루고 삶을 멋지고 보람 있게 살아가려면 안철수처럼 신념형 인간이 되어야 한다. 그는 큰돈을 재단에 기부하여 자신의 뜻을 실행에 옮기고 있다. 그가 꿈꾸는 세상은 모두가 행복을 누리며 정의롭고 평화롭게 사는 것이다. 꿈이 있는 사람은 미래를 내다볼 줄 아는 눈을 가져야 한다. 그래야 큰 꿈을 이룰 수 있다.

02
원칙이 있는 삶은 아름답다

안철수의 원칙 ★ ★ ★ ★ ★

안철수는 어린 시절 소심하고 부끄러움이 많았다. 그래서 늘 친구들에게 놀림 받고 따돌림 당하기 일쑤였다. 하지만 안철수에게는 누구보다도 강한 마음이 있었다. 자신이 옳다고 믿는 일은 끝까지 지키고 해냈다.

안철수가 자신의 생각을 소신 있게 행동으로 옮길 수 있었던 것은 신념이 있었기 때문이다. 신념을 갖고 자신만의 생각을 정해 실천하는 것을 '원칙'이라고 한다. 안철수에게는 자신만의 소중한 원칙이 있었다.

첫째, 결과보다 과정을 더 중요하게 생각했다. 사람들은 대부분 과정보다 결과를 중요하게 여긴다. 그런데 과정은 안 보고 결과만 본다는 것은 옳지 못하다. 결과가 아무리 좋다고 해도 과정이 정당하지 않거나 편법을 쓴다면 그것은 옳은 방법이 아니다. 또 무작정 결과만 보고 따라 했다가 금방 포기하고 만다. 안철수가 결과보다도 과정을 더 중요하게 여긴 것은, 과정의 중요성을 잘 알고 있었기 때문이다.

둘째, 남과 비교하지 않고 다른 사람들의 평가에 마음 쓰지 않았다. 사람들은 자신과 남을 곧잘 비교한다. '저 사람은 잘생겼는데 나는 왜 못생겼지, 저 아이는 집이 부잔데 우리 집은 왜 가난하지' 하며 속상해한다. 또 남이 좋은 말을 할 때는 좋아하다가도, 싫은 말을 하면 화가 나서 싸우려고 한다. 그런데 안철수는 자신을 남과 비교하는 대신 자신만의 장점을 보았다. 또 남이 나쁜 말을 해도 대꾸하지 않았다. 시샘해서 하는 말이나 근거 없는 말은 당장은 속상하지만, 시간이 지나면 연기처럼 사라진다는 것을 알고 있었기 때문이다.

셋째, 기본을 중요하게 생각했다. 공부, 운동 등 무슨 일을 할 때 기본이 잘 갖춰져야 한다. 그런데 사람들은 기본을 무시하고 한 번에 좋은 결과를 얻으려고 한다. 사람들이 실패하는 이유 중 가장 큰 문제는 자신이 들인 노력보다 더 빨리 많은 것을 얻으려고 하기 때문이다. 안철수는 하나를 배워도 정확하고 자세하게 배웠다. 대충대충 하면 빨리할 수는 있지만 언젠가는 잘못된다는 걸 잘 알았다. 그가 미국에 두 번이나 유학을 가서 힘들게 공부한 것도 모두 기본을 튼튼히 하기 위해서였다.

넷째, 매 순간 최선을 다했다. 안철수는 힘든 의학 공부를 하면서도 컴퓨터 바이러스 백신 만드는 일을 소홀히 하지 않고 두 가지다 완벽하게 해냈다. 그는 똑같은 하루를 48시간 아니 그 이상으로 활용하였다. 잠은 서너 시간 이상 자 본 적이 없고, 자신의 사생활을 위해 시간을 써 본 적도 없다. 오직 자신이 하는 일에만 열정을 바쳤다.

다섯째, 목표를 세우고 끝까지 실천했다. 강연회를 가서 청소년들에게 목표가 무엇이냐고 물어보면 확실하게 말하는 학생이 별로 없다. 열 명 중 두세 명만 목표를 말할 뿐 나머지 학생들은 그저학교에 가야 하니까 다니는 걸로 생각한다. 이는 전국 어디를 가나비슷한 현상이다. 목표가 없다는 것은 자신의 미래가 없다는 것과같다. 미래가 없는 삶은 죽은 삶이다. 자신이 꿈을 이루고 행복하게 살고 싶다면 반드시 목표를 세워 실천해야 한다. 안철수는 목표를 세우면 철저하게 계획을 세워 실천했다. 목표가 아무리 훌륭해도 계획대로 실천하지 않으면, 그 목표는 이루기 어렵다는 걸 잘 알았다. 그만큼 안철수는 자신에게 철저했다.

여섯째, 항상 자신을 부족하다고 여기며 작은 성공에 만족하지 않았다. 자신의 작은 재능과 실력을 크게 부풀려 남에게 자신을 과시하려는 사람들이 있다. 이런 사람들은 마음이 반듯하지 못하고 진정성이 없다. 그저 남에게 자신을 내세우려고만 한다. 마음이 알차지 못하고 허세로 가득하기 때문이다.

안철수는 실력이 뛰어났지만 언제나 자신을 부족한 사람이라고 여기며 겸손하게 생활했다. 또 작은 성공은 성공이라고 여기지도 않았다. 그러면 더 큰 일을 하는데 방해가 된다고 생각했다. 그가 항상 책을 읽고 공부하는 것은 자신의 부족함을 채우기 위해서다.

일곱째, 남자와 여자, 나이와 학력에 차별을 두지 않고 능력을 중요하게 여겼다. 안철수는 우리나라 최고의 명문 대학을 나왔지만 겸손하다. 안철수는 일하는 데 여자와 남자가 다르지 않고, 학벌 또한 중요하지 않다고 여겼다. 그보다는 능력이 중요하다고 믿었다. 학교 공부를 많이 하지 못한 사람 중에는 큰 인물이 된 사람이 많다. 김대중 전 대통령, 노무현 전 대통령은 고등학교만 나왔지만, 우리나라가 민주 국가가 되는 데 크게 기여했다. 현대 그룹을 세운 정주영은 초등학교만 나왔지만 세계적인 경영자가 되었다. 이렇게 대학을 나오지 않고도 최고가 된 사람은 많다. 이는 능력이 뛰어났기 때문이다. 이들은 스스로 공부해서 자신의 능력을 키웠다.

여덟째, 다른 사람의 생각을 존중하고 그 사람만의 가치를 인정했다. 세상을 아름답게 살아가려면 열린 사고를 해야 한다. 상대방의 인격을 존중해주고, 그 사람만의 능력을 인정해주어야 한다. 사람에게는 다소 차이는 있지만 그 사람만의 개성이 있다. 이를 이해하고 상대방의 가치를 인정하는 것, 즉 폭넓은 의미로써 관용의 마음을 가져야 한다.

안철수는 사람들의 말을 잘 들어주었다. 또 개개인의 가치를 인정해주고 개성을 살릴 수 있도록 도움을 주었다. 그가 사람들의 생각을 존중하고 가치를 인정했던 것은 생각이 깨어 있기 때문이다. 훌륭한 사람 중에는 안철수처럼 생각이 깨어 있는 사람들이 많다. 자신의 꿈을 이루고 싶다면 생각이 깨어 있어야 한다.

아홉째, 자신의 유익을 위해 남을 이용하지 않았다. 주변에 자신의 유익을 위해 남을 이용하는 사람들이 많다. 그리고 이용을 하고 난 후 그 사람을 외면한다. 이를 사자성어로 토사구팽이라고 한다. 사냥을 나선 개가 토끼를 잡고 나면 사냥개를 삶아 먹는다는 뜻이다. 이런 생각을 하는 사람은 당장은 잘되는 것 같지만 머지않아 자신도 똑같은 일을 겪게 된다. 안철수는 정직하고 따뜻한 마음을 가졌다. 그래서 자신의 유익을 위해 남의 마음에 상처 주는 일은 하지 않았다.

열째, 변화를 꿈꾸며 새로운 도전을 즐겼다. "도전은 힘들 뿐 두려운 일이 아니다"라고 안철수는 자주 말한다. 이 말에서도 알수 있듯 그는 변화를 두려워하지 않는다. 변화를 두려워하면 새로운 도전을 할 수 없다고 생각하기 때문이다. 그가 이룬 현재의 모든 삶은 변화를 두려워하지 않고, 도전을 즐기는 그의 도전 정신에 있다.

원칙은 자신만의 삶을 사는 척도가 된다. 원칙이 있으면 그 원칙에 따라 행동하기 때문에 바른길로 갈 수 있게 해준다. 또 잘못될 수 있는 상황에서도 실수를 막아준다. 그래서 원칙은 반드시 필요하다.

이순신은 어린 시절 매우 여리고 소심했다. 겁도 많아서 싸우는 걸 두려워했다. 그래서 친구들은 이순신을 놀리고 따돌리기도 했다. 하지만 이순신에게는 자신만의 원칙이 있었다. 옳지 못한 일은 하지 않았고, 옳지 못한 사람은 깨우쳐 주어야 한다고 생각했다. 그래서 이순신은 불의한 일에는 당당히 맞서서 자신의 생각을 굽히지 않았다. 그의 원칙은 훗날 장군이 되었을 때 더욱 잘 나타났다. 자신을 모함하는 간신들 앞에서도 두려워하지 않고, 왕 앞에서도 당당하게 말했다.

이순신이 소신을 지킬 수 있었던 것은, 어떤 불의 앞에서도 나라를 위하는 애국심과 백성을 사랑하는 마음인 애민 사상을 지키려는 원칙이 있었기 때문이다.

인도의 성자 간디는 어린 시절 마음이 여려서 벌레 한 마리도 죽이지 못했다. 간디 또한 소심하고 겁이 많은 소년이었다. 그런데 겁이 많던 간디가 영국으로부터 빼앗긴 나라를 되찾을 수 있었던 것은 간디만의 철저한 원칙이 있었기 때문이다. 간디가 원칙을 세우게 된 것은 영국인들로부터 인도 국민이 억압 받고, 그 자신도 백인들에게 인격적으로 무시당했기 때문이다. 간디는 조국을 되찾아야겠다고 굳게 마음먹었다. 전쟁을 싫어했던 간디는 조국의 독립을 위해 원칙을 세웠다. 그것은 인도 국민을 설득하여 비폭력 무저항 운동을 펼치고, 영국 물건 안 팔아주기, 하나 된 마음 보여주기 등의 실천 운동이었다.

처음 얼마간은 대수롭지 않게 여기던 영국도 점차 겁을 내기 시작했다. 총칼보다도 무서운 것은 국민이 하나로 똘똘 뭉치는 것이다. 결국 간디의 비폭력 무저항 운동이 승리를 거두고 영국으로부터 빼앗긴 나라를 되찾았다. 비폭력 무저항 운동은 간디의 원칙이었다.

성공한 사람들의 성공 요인은 자신만의 원칙을 정해 꾸준히 실천했다는 것이다. 그들은 자신의 원칙에서 벗어나는 일은 하지 않았다. 그것은 자신을 모독하는 일이라고 생각한 것이다.

몸과 마음이 한창 자라나는 청소년 시기에는 자신만의 원칙을 정하는 것이 좋다. 이에 대해 꼭 원칙을 정해야 하느냐고 반문하는 청소년도 있을 것이다. 그렇지만 원칙을 정해서 실천하다 보면 원칙이 있다는 게 옳다는 것을 알게 된다. 안철수의 성공은 자신만의 원칙을 잘 지켜서 얻은 결과였다. 그는 자신만의 원칙을 정해 그대로 실천했고, 지금도 변함없이 실천하고 있다.

자신만의 원칙 정하기 ★ ★ ★ ★ ★

자신만의 원칙을 정하기 전에 여기서 한 가지 명심할 것은 무턱대고 정하기 보다는 앞에서 밝힌 '안철수의 원칙'처럼 몇 가지 기준을 정하는 것이 좋다.

첫째, 자신이 실천할 수 있는 것으로 정하는 것이 좋다. 원칙을 정하다 보면 욕심이 앞서 너무 높게 원칙을 정하는 경우를 자주 본다. 이것은 좋은 생각이 아니다. 자신이 잘 실천하는 것으로 정해야 한다. 실천하지 못하면 아무런 의미가 없기 때문이다.

둘째, 자신만이 아니라 남에게도 도움이 되는 것이 좋다. 유명인사들이 성공할 수 있었던 요인 중에는 자신뿐만 아니라 타인도 행복하게 하는 일을 원칙으로 했다는 걸 알 수 있다. 그래야 보람을 갖고 일할 수 있기 때문이다.

셋째, 자신의 능력을 키울 수 있는 것으로 정해야 한다. 자신의 능력을 키울 수 있는 원칙을 정한다면 자신이 하는 일에 큰 도움이 된다. 능력은 키우면 키울수록 좋다.

넷째, 자신의 개성이 잘 나타나는 것이 좋다. 개성은 자신만의 색깔이다. 자신만의 색깔이 분명해야 현대 사회에서 자신을 발전시켜 나갈 수 있다. 개성은 남과 다른 자신만의 성공의 씨앗이다. 여기서 분명하게 말하는 것은 자신이 지키지 못할 원칙은 절대로 정하지 말라는 것이다. 그것은 자신의 능력과 시간을 낭비할 뿐이다. 물론 원칙을 실천하다 보면 손해볼 때도 있다. 그렇다고 해서 자신의 원칙을 포기해서는 안 된다. 그것은 자신을 못난이로 만들 뿐이다.

안철수는 처음 바이러스 백신 프로그램을 만들었을 때 사람들에게 무료로 나누어주었다. 지금도 이 원칙은 지켜지고 있다. 또한 안철수가 가장 힘들고 어려울 때 미국 맥아피사에서 1천만 달러에 회사를 팔라고 했을 때 안철수는 거절하였다. 왜냐하면 직원들과 자신의 미래를 위한 자신만의 원칙 때문이었다. 자칫 무모한 사람처럼 보일 수도 있지만 그는 진정한 원칙 주의자다.

03
긍정의 힘을 믿어라

긍정의 힘 ★ ★ ★ ★ ★

긍정적인 마음은 불가능을 가능하게 하고, 실패를 두려워하지 않게 한다. 부정적인 마음은 실패가 두려워 충분히 할 수 있는 것도 못하게 한다. 그래서 무슨 일을 할 때 '이걸 어떻게 하지?' 하고 두려워하면 못하게 된다. 하지만 '나는 할 수 있어'라고 굳게 마음먹으면 할 수 있다. 이처럼 실패를 두려워하지 않는 마음과 두려워하는 마음은 큰 차이가 있다. 그래서 실패를 두려워하면 안 된다. 안철수는 실패를 두려워하지 않는 사람이다. 그가 실패를 두려워하지 않는 것은 긍정적인 마음을 가졌기 때문이다.

안철수가 서울대학교 의과 대학에 가기로 마음먹은 것은 대학

입시를 불과 1년 앞두었을 때였다.

"그건 무리야."

"지금 네 점수로는 서울대학교 근처에도 못 가."

친구들이 그렇게 말하는 것도 일리가 있었다. 사실 그의 성적은 별로 좋지 않았다.

'너희는 그렇게 말하지만, 두고 봐. 난 갈 수 있어.'

친구들이 자신을 무시하며 말할 때 안철수는 속으로 다짐했다. 이는 누가 보더라도 무모한 결정이었다. 결심을 굳힌 안철수는 부모님에게 말했다.

"저 서울대학교 의과 대학에 가겠습니다."

"그래요? 잘 생각했어요."

어머니는 안철수의 말에 잘했다고 기뻐하였다. 아버지 또한 격려해주었다. 여기서 한 가지 중요한 사실은 안철수의 성적이 좋지 않은 걸 알면서도 부모님이 그의 결정을 믿어주었다는 것이다.

이후 안철수의 생활은 변하기 시작했다. 그는 철저하게 계획을 세우고, 계획에 따라 집중해서 공부했다. 그의 집념은 아주 놀라웠다. 그러자 성적이 쑥쑥 올랐다. 고등학교 3학년 2학기에는 줄곧 1등을 유지하였다. 그리고 마침내 자신의 생각대로 서울대학교 의과 대학에 합격하였다.

안철수는 군의관을 마치고 의사를 할 것인가 바이러스 백신을 만들 것인가를 놓고 신중하게 생각하였다. 하나를 선택해야만 했기 때문이다. 안철수는 생각했다. 의사는 안정적이고 앞날이 보장된 직업이지만, 날마다 같은 일을 해야 하는 직업이라 변화가 없다고 생각했다. 그러나 바이러스 백신을 만드는 일은 늘 새롭게 도전하는 일이라고 생각했다.

그는 의사를 포기하기로 하고 아내에게 자신의 생각을 말했다. 그의 말을 듣고 아내는 흔쾌히 동의해주었다. 안철수는 그 즉시 의사를 포기하고 바이러스 백신을 만드는 일에 열중하였다.

그 후 4년 동안 많은 경제적 어려움을 겪어야 했다. 직원들 월급을 줄 돈이 없어 늘 전전긍긍했지만, 포기하지 않았다. 그러자 기회가 왔다. 안철수는 기회를 잘 살려 경제적 어려움을 딛고, 적자 회사를 흑자 회사로 만들었다.

"모든 일을 긍정적으로 생각하세요. 긍정적으로 생각하면 즐거운 마음이 들고 주변 사람들에게도 긍정적인 영향을 줍니다. 부정적인 사람들은 불평하며 나쁜 마음을 심어 주고요. 아무리 힘들고 어려워도 불평하지 말고 긍정적으로 생각해야 합니다."

이 말을 보면 안철수는 매우 긍정적인 사람이라는 것을 알 수 있다. 안철수가 하는 일마다 성공할 수 있었던 것은, 실패를 두려워하지 않는 긍정적인 마음을 가졌기 때문이다. 성공한 사람들에게는 공통점이 있다. 실패를 두려워하지 않는 마음이다. 실패를 두려워했다면 절대 성공하지 못했을 것이다.

"내가 이걸 어떻게 해? 난 못해."

어떤 청소년을 보면 해보지도 않고 못한다고 운다. 이는 참 나쁜 마음이다. 그래서 이런 청소년들은 충분히 할 수 있는 것도 하지 못한다. 그러나 "네. 한번 해볼게요"라고 말하는 청소년은 꼭 해낸다. 그 마음속에는 긍정의 씨앗이 있기 때문이다.

자신의 꿈을 이루고 싶다면 긍정적인 마음을 가진 친구들과 어울리고, 매사를 긍정적으로 생각하고 행동해야 한다. 긍정적인 마음은 성공의 열쇠다.

긍정의 말 ★ ★ ★ ★ ★

안철수의 말 속에는 긍정의 에너지가 반짝이며 빛을 낸다.

"의사로서 계속 생활했다면 훨씬 단순하고 집중할 수 있는 생활을 했겠지만, 의사를 그만두고 다채로운 경험을 할 수 있었던 것에 의미를 두고 후회하지 않는다."

의사를 포기하고 바이러스 백신 개발에 몰두한 안철수가 한 이 말에는 자신의 미래에 대한 확고한 긍정이 잘 나타나 있다.

"자신에게 줄 수 있는 가장 큰 선물은 자신에게 기회를 주는 것이다."

이 말에는 역동적인 긍정이 잘 나타나 있다. 자신에게 기회를 주는 것은 긍정적인 마음 없이는 불가능하기 때문이다.

"무엇인가 도전할 때 가장 중요하게 생각하는 것은 내가 정말로 의미를 느낄 수 있는 일인지, 앞으로도 지속적으로 열정을 갖고 할 수 있는 일인지, 실제로 내가 일을 잘해서 다른 사람들에게 혜택을 줄 수 있는 일인지를 생각한다."

안철수는 자신의 만족과 타인의 만족 등 한 가지만 생각하지 않고 여러 가지를 생각하여 긍정적이고 에너지 넘치는 일을 지속해왔다.

"도전은 힘들 뿐 두려운 일이 아니다."

긍정의 마음은 새로운 것을 시도하는 힘을 준다. 사람들이 도전을 꺼리는 것은 도전을 두려워하기 때문이다. 그러나 안철수는 도전은 두려운 것이 아니라고 말한다. 단지 힘들 뿐이라는 것이다.

"세상이 바뀌지 않는다고 불평하지 말고 자신이 하는 일에 최선을 다해야 한다."

안철수는 매사 적극적이고 도전적이다. 이런 마음을 가진 그였기에 자신의 분야에서 최고가 될 수 있었다.

"절대로 남과 비교하지 않고, 위만 쳐다보지 않고, 아래를 본다. 또, 장기 계획보다는 단기 계획을 세워 최선을 다한다."

안철수는 〈힐링캠프〉에 출연해서 '안철수식 살아남는 법'에 대해 위와 같이 말하며 긍정적이고 신념으로 가득찬 자신만의 삶을 전해주었다.

긍정적인 자세를 기르는 법 ★ ★ ★ ★ ★

"자신에게 가장 훌륭한 스승은 자기 자신이다. 자신이야말로 자신을 가장 잘 알고 있고, 자신만큼 자신을 격려하고 존중해주는 스승은 없다."

『탈무드』에 나오는 이 말을 보면 자신이 어떤 생각을 하고, 어떻게 결심을 하고, 어떻게 행동하느냐가 매우 중요하다는 것을 알 수 있다. 이 말을 한마디로 요약하면 '긍정의 마음'이다.

첫째, 자신이 생각하는 것을 의심하지 말고 시도해야 한다. 충분히 할 수 있는 일도 의심함으로써 망치게 된다. 의심은 가장 나쁜 마음이다. 그것을 경계해야 한다.

둘째, 한 번 해서 안 되면 될 때까지 해야 한다. 해서 안 되는 일은 없다. 한 번 해서 안 되면 두 번이고, 세 번이고 될 때까지 계속하는 것이다. 안 된다고 믿는 것은 끈기가 부족한 탓이다.

셋째, 지금 할 일을 내일로 미루지 말아야 한다. 지금 할 일을 자꾸 미루는 사람들이 있다. 한 번 두 번 미루다 보면 습관이 되어 할 일을 두고도 게으름을 피우게 된다. 못된 송아지 엉덩이에 뿔이 나듯 잘못된 습관이 평생을 간다.

넷째, 자신이 할 일을 남에게 미루지 않는다. 자신의 일을 남에게 해달라고 하는 사람이 있다. 자신의 일을 남에게 맡기려는 것은 자신의 잠재된 능력을 썩히는 일이다.

다섯째, 자신의 잘못을 남에게 돌리지 않는다. 자신의 잘못을 남에게 돌리는 사람들이 있다. 이는 매우 잘못된 자세이다. 이런 자세로는 그 어떤 일을 한다고 해도 좋은 결과를 얻기 어렵다. 자신의 잘못을 인정하는 것이야말로 가장 솔직한 것이다. 잘못한 것은 다시 하면 된다.

여섯째, 자신의 정체성을 잃지 말아야 한다. '자신이 누구인지, 왜 공부를 해야 하는지' 모르는 청소년들이 있다. 이는 정체성이 없어서다. 정체성을 잃게 되면 그 어떤 일도 하기 싫어진다. 정체성을 잃게 되면 꿈과 목적의식이 달아나기 때문이다. 정체성을 갖고 자신이 원하는 것을 해야 한다.

일곱째, 긍정적인 친구들과 사귀어야 한다. 부정적인 생각을 하는 청소년들을 보면 주변에 부정적인 생각을 하는 친구들이 많다. 긍정적인 생각을 하는 친구들은 그 주변에 긍정적인 친구들이 많다. 긍정적인 생각을 하는 친구는 긍정의 힘을 준다.

이 방법들을 마음에 새겨 하나씩 하나씩 차분하게 실천한다면 반드시 긍정적인 마음과 행동을 하게 될 것이다.

04
의미 있는 삶을 살아라

의미 있는 삶 ★ ★ ★ ★ ★

안철수는 자신만이 잘살고 잘되는 것은 바람직하지 않다고 생각한다. 더불어 모두 함께 잘살아 가는 것이야말로 아름다운 삶이라고 여긴다.

우리 사회에서 이런 마음을 가진 사람은 그리 많지 않다. 우리나라 대기업 CEO들이 비판을 받는 것은 가졌음에도 더 많은 것을 얻고자 세금을 포탈하고, 남의 은행 계좌를 이용하여 교묘히 회사 돈을 빼돌리다 발각되어 국민의 지탄을 받기 때문이다. 또 증여세를 내지 않고 불법으로 자녀에게 재산을 상속하기도 한다. 그뿐만이 아니다. 중소기업에 일을 주는 조건으로 중소기업에 돌아가야 할 이윤을 최대한 줄여 힘들게 만든다. 이는 기업 윤리나 도덕적으로 있을 수 없는 일이다. 이것이 우리나라 대기업 CEO들이 존경받지 못하는 이유다.

빌 게이츠나 워런 버핏 등 미국의 기업인들이 국민으로부터 존경받는 이유는 그들은 자신의 재산을 자신의 것으로만 여기지 않고 사회에 환원한 데 있다. 그들은 자신들이 돈을 버는데 사회와 국민이 함께했다고 생각한다. 그래서 자신들의 재산은 자신의 것만이 아니라는 것이다. 이는 우리나라 대기업가들과는 사뭇 다르다는 걸 알 수 있다.

"전체가 잘될 수 있다면 개인적 이해타산과 상관없이 어떤 선택도 할 수 있는 마음 자세를 갖고 있다."

안철수가 언론에서 자주 하는 이 말 속에는 사람들과 더불어 살아가려면 자신이 손해를 보더라도 감수하겠다는 강한 의지가 담겨 있다. 안철수는 자신이 번 돈은 자신만의 돈이 아니라는 생각 때문에 큰돈을 사회에 환원할 수 있었다. 그는 의미 있는 삶을 사는 것이 무엇인지를 잘 아는 사람이다. 실천하는 삶이야말로 의미 있는 삶이다.

자기 자신만을 위한 삶은 아무리 잘살아도 삶의 가치는 축소될 수밖에 없다. 혼자만 잘산다는 것은 동물이나 다를 바가 없기 때문이다. 동물은 자신의 먹이에만 신경 쓰지 상대에 대해 신경 쓰지 않는다. 자신의 먹이에 눈독을 들이면 무섭게 달려들어 싸우려고 할 뿐이다.

『몽실언니』, 『강아지똥』으로 유명한 우리나라 최고의 동화 작가인 권정생은 작고 보잘것없는 사람이 마음 놓고 살아가는 것이야말로 진정으로 잘사는 것이라고 했다. 권정생은 이러한 자신의 생각을 실천하기 위해 아픈 몸으로 안 먹고, 안 쓰고 평생을 가난하게 살면서 모아둔 10억 원이 넘는 재산과 앞으로 발생하는 모든 인세를 아이들을 위해 써달라며 유산으로 남겼다.

이렇듯 함께 더불어 살아가는 일은 사람이라면 마땅히 실천해야 할 삶의 법칙이다. 안철수가 꿈꾸는 세상은 자신만 잘 먹고 잘사는 삶이 아니라 함께 더불어 잘 먹고 잘살아 가는 것이다. 안철수는 자신만을 위해 살지 않았다. 자신의 삶을 통해 타인에게 유익함을 주었다. 이것이 그가 지향하는 함께하는 삶이다.

따뜻한 마음 품기 ★★★★★

안철수는 따뜻한 마음을 가졌다. 타인에게 함부로 말하고 행동하지 않는다. 자신보다 나이가 어리거나 배움이 짧거나 지위가 낮아도 항상 존댓말을 한다. 이는 습관에 의한 것도 있지만 그는 성품 자체가 온화하다. 그의 따뜻한 성품이 사람들에게 감동으로 다가가는 것이다. 따뜻한 마음은 진실한 마음, 거짓 없는 참마음을 말한다.

사람들과의 소통에서 따뜻한 마음은 참 중요하다. 따뜻한 마음을 가졌느냐 가지지 않았느냐는 한 사람의 삶을 완전히 변화시킬 만큼 중요하다. 따뜻한 마음을 가진 사람은 인간관계에서 소통이 잘된다. 왜냐하면 진실하고 거짓이 없다고 믿기 때문이다. 하지만 마음이 따뜻하지 않은 사람은 소통하는데 문제가 많다. 이런 사람은 거짓과 위선으로 가득 차 있다고 믿는다.

원만한 인간관계를 통해 자신이 바라는 삶을 살기 원한다면, 따뜻한 마음을 길러야 한다. 따뜻한 마음은 사람에게 있어 그 어떤 능력보다도 중요한 소통의 수단이다. 남에게 의미 있는 삶을 사는 사람들을 보면 하나같이 품성이 따뜻하다. 따뜻한 품성이 사랑으로 나타나 남에게 의미 있는 인생이 된다.

여든의 할머니가 평생 모은 10억 원의 재산을 기부한 것, 어떤 여대생이 아프리카로 봉사 활동을 나가 사고로 그만 목숨을 잃은 것 등 이들이 보여준 삶은 단순한 삶이 아니다. 그들의 삶은 '세상의 빛'이다. 어두운 바닷길을 환히 밝혀 배가 무사히 지나갈 수 있도록 돕는 등대 같은 삶의 빛이다. 지금 우리나라가 이만큼 발전하게 된 것도 '세상의 빛'과 같은 사람들의 사랑과 희생이 있었기에 가능했던 것이다.

안철수는 많은 사람이 기대하는 세상의 빛이다. 많은 국민이 그렇게 믿고 있다. 그가 지닌 따뜻한 성품으로 우리 모두 함께 잘 살아가는 방법을 생각해야 한다. 우리 청소년들도 자신을 소중히 여겨 타인과 사회를 위해 필요한 사람이 되어야 한다.

원칙이 있는 삶

지금 우리 사회에서 안철수는 원칙을 잘 지키는 사람으로 알려져 있다. 그의 성공은 그가 철저하게 원칙을 지킴으로써 이뤄낸 결과라고 믿고 있다. 안철수가 성공할 수 있었던 여러 가지 성공 요인 중 하나인 원칙은 매우 중요하다.

원칙은 어떤 일을 하고자 정해 놓은 규칙이다. 정해 놓은 규칙을 지킨다는 것은 쉬운 것 같지만 그렇지 않다. 그것은 자신이 정해 놓은 규칙이기 때문이다. 자신이 정해 놓은 원칙이니 지키지 않아도 누가 뭐라고 하지도 않고, 강제성도 없다. 이렇다 보니 그럴 듯한 원칙을 정해놓고도 지키지 않는 사람이 많은 것이다.

원칙을 철저하게 지킨다는 것은 그만큼 의지력과 실천력이 좋다는 것을 의미한다. 또한 자신을 이기는 힘이 강하다는 것을 의미하기도 한다. 안철수가 의지력이 좋고, 실천력이 좋은 것은 자기를 이기는 힘이 그만큼 강하다는 것이다. 그가 원칙을 철저하게 지킬 수 있는 것 역시 자기를 이기는 힘이 강하기 때문이다. 청소년들은 안철수의 원칙을 배워야 한다. 그래서 자신만의 원칙을 정해 지킬 수 있다면 자신의 꿈을 이루는 데 큰 힘이 될 것이다.

제갈공명은 유비가 자신의 뜻을 이루는 데 그가 꼭 필요함을 느끼고 세 번이나 찾아갔을 만큼 지략이 뛰어난 사람이다. 그는 지혜만 뛰어난 것이 아니라 자신에게 엄중하고 빈틈이 없는 사람이었다. 또한 타인에게도 빈틈을 보이지 않을 만큼 완벽에 가까운 사람이었다.

위나라와의 전쟁이 한창 때 일이다. 선봉장을 맡은 마속이라는 젊은 장수가 있었다. 마속은 제갈공명이 세운 전략을 무시하고 자기 멋대로 전쟁을 하는 바람에 크게 패하고 말았다. 제갈공명은 마속이 괘씸하기 짝이 없었다. 군사인 자신의 명령을 어겼다는 것은 항명과도 같은 것이기 때문이다.

"너는 어쩌자고 내 명령을 어긴 것이냐?"

제갈공명은 낮고 준엄한 목소리로 말했다.

"죄송하옵니다. 저의 무례를 용서치 마시옵소서."

마속은 납작 엎드려 대죄를 청했다. 전쟁에서 패한 장수는 유구

무언이다. 오직 처분만 기다릴 뿐이다.

"네 죄를 분명 네가 알렸다!"

제갈공명은 다시 한 번 물었다.

"네. 그러하옵니다."

마속은 고개를 숙인 채 말했다.

"좋다. 내가 어떤 형벌을 내리더라도 나를 원망하지 마라."

"네, 군사 어른."

마속은 끝까지 자신의 잘못을 시인하였다. 제갈공명은 자신이 너무도 아끼는 참모였지만, 일벌백계의 심정으로 그를 참하라는 명령을 내렸다.

"저 죄인을 참하라!"

제갈공명의 명령이 떨어지기 무섭게 마속의 목이 날아갔다. 마속의 죽음 앞에 마음이 쓰리고 아팠지만, 군율을 위해 마속의 목을 베고 만 것이다. 그래서 생긴 사자성어가 읍참마속이다. 큰 목적을 위해 사사로운 정을 취하지 않고 자기가 가장 사랑하는 것을 처단한다는 뜻이다. 제갈공명은 그 누구라도 잘못을 하면 엄한 벌을 받는다는 사실을 널리 알림으로써 실수를 줄이고 끝까지 최선을 다하는 마음을 심어주고자 했다.

어느 날 촉나라 사람이 제갈공명이 있는 곳으로 찾아와서 말했다.

"지금 전쟁으로 온 나라가 어수선한데 어찌 그렇게도 아끼던 마속을 참하셨는지요?"

"손무가 위세를 떨칠 수 있는 것은 군법을 엄격하게 지켰기 때문이오. 지금 우리의 사정 또한 그와 다르지 않소. 그러니 어찌 잘못을 보고만 있을 수 있단 말이오. 군법을 어기는 일은 반역과 같소. 앞으로도 이런 일에는 더욱 엄격하게 할 것이오."

제갈공명의 말에 아무런 말도 할 수 없었다. 그의 목소리가 매우 확고했기 때문이다.

제갈공명의 삶의 철학은 원칙과 믿음이다. 원칙과 믿음을 잘 지키면 매사에 허점이 없다. 그러나 원칙과 믿음을 어기면 매사가 허술하다. 지금 우리 사회는 원칙을 지키지 않는 사람들이 너무나 많다. 앞장서서 법을 지켜야 할 사람들이 원칙을 무시하고 있다.

원칙은 반드시 지켜야 한다. 원칙이 깨지면 소통에 제동이 걸리기 때문이다. 소통에 제동이 걸리면 사회의 흐름이 막히고, 인간관계가 단절된다. 원칙을 지키려면 어떤 경우에도 원칙을 깨는 일은 없어야 한다.

원칙을 지키게 하는 것은 강인한 신념이다. 원칙은 있지만 신념이 없다면 원칙을 지키지 못하기 때문이다. 신념이 뚜렷하고 실천적 의지가 강하면, 원칙을 지키는 것은 힘들지 않다. 신념은 모든 것을 가능하게 하는 성공의 빛이기 때문이다. 성공한 인생이 되고 싶다면 원칙을 지키고 신념이 강해야 한다.

신념을 지키려면 담대한 마음을 가슴에 품고 어떤 일이라도 결코 물러섬이 없어야 한다. 또한 늘 꿈꾸며 그 꿈을 향해 자신의 열정을 아낌없이 바쳐야 하고 부정적인 생각을 버리고 긍정적인 행동으로 자신이 원하는 일을 해내야 한다. 마지막으로 자신의 목표에 대해 굳은 믿음을 갖고, 반드시 할 수 있다는 강인한 의지로 실천해야 한다.

안철수가 신념이 강한 것은 이처럼 신념을 강화시키는 방법을 통해 신념을 탄탄하게 쌓았기 때문이다.

"나는 젊었을 때 정치를 목표로 삼고 여러 가지 어려운 일을 겪었을 뿐만 아니라 수많은 실패를 했다. 그러나 나는 실패를 두려워하지 않고 그 원인을 찾아 내어 노력한 끝에 대통령이 될 수 있었다. 지금 생각하면 나의 생애는 일곱 번 넘어지고, 여덟 번째 일어났던 것이다."

이는 미국 대통령 루스벨트가 한 말이다. 그는 수많은 실패와 좌절을 겪은 끝에 유능한 대통령이 되어 미국 국민의 존경과 찬사를 받는 성공한 대통령이 될 수 있었다. 루스벨트가 수많은 실패와 고난을 이겨내고 성공한 대통령이 될 수 있었던 것은 뚜렷한 원칙과 강인한 신념, 긍정의 에너지가 넘쳤기 때문이다.

안철수의 신념은 루스벨트의 신념에 버금갈 만큼 강하다. 안철수의 신념이 루스벨트 못지않은 것은 워낙 그의 신념이 뛰어나기 때문이다. 또한 안철수의 긍정적인 마음은 무엇으로도 막을 수 없다. 무엇이든 자신이 마음먹은 대로 다 해낼 수 있다는 강한 긍정의 에너지가 그의 삶을 지배하고 있기 때문이다.

자신의 미래를 성공으로 이끌고 싶다면 자기만의 원칙을 세우고, 강인한 신념으로, 긍정의 마음을 가져야 한다. 그리고 자신의 에너지와 능력을 타인과 사회를 위해 아낌없이 쓰는 사람이 되어야 한다.

4장

배려는 사랑의 마음이다

01
진정한 성공이란

"성공한 사람은 재능과 노력, 운이 모두 맞아떨어진 것이며 사회가 그 사람에게 기회를 준 것이기 때문에 그것을 인정해야 한다. 사회적 성공은 혼자서 이룬 것이 아니다."

안철수가 한 이 말 속에는 성공은 성공할 수 있도록 주변 여건이 조성되어야 하는데 재능과 노력, 운, 자신에게 기회를 준 사회가 함께할 때 성공이 이루어진다는 것이다. 그래서 성공은 혼자서 이룬 것이 아니라 우리 사회와 모든 사람이 함께했기에 가능했다는 것이다.

미국의 사상가이자 시인인 에머슨은 진정한 성공의 의미에 대해 〈성공이란〉 자신의 시에서 다음과 같이 말했다.

"세상을, 자기가 태어나기 전보다, 조금이라도 더 살기 좋은 곳으로 만드는 것이다."

성공은 자신만의 것이 아니라고 한 안철수의 생각과 일맥상통한다. 지금 우리가 누리고 사는 풍요로운 삶은 앞서 살았던 많은 사람이 피땀 흘려 이뤄놓은 것이다.

바보라는 소리를 들었던 에디슨은 1천 가지가 넘는 발명을 했고, 낙제생이었던 아인슈타인은 '특수 상대성 이론'이라는 놀라운 학문의 업적을 남겼다. 에디슨과 아인슈타인을 닮고 싶었던 안철수는 컴퓨터 바이러스 백신을 만들어 자신이 품었던 꿈을 이루었다. 또 성공을 자신의 것으로만 여기지 않고 이 사회와 모든 사람의 성과라고 생각했다.

이러한 생각들이 안철수를 진정으로 성공한 사람이라고 인정받게 하는 것이다. 성공은 개인만의 것이 아니라 모두의 것이 될 때 진정한 성공이다.

내가 행복할 수 있는 선택을 하라 ★ ★ ★ ★ ★

나는 특강을 할 때마다 학생들에게 '성공이란 무엇인가?'에 대해 질문을 하곤 한다. 이런 질문을 하는 것은 청소년들에게 '진정한 성공의 의미'를 심어주기 위해서다. 경기도에 있는 한 중학교에서 특강 할 때 일이다. 그때도 나는 예외 없이 이 질문을 했다.

"여러분, 성공이란 무엇입니까?"

이 질문에 어떤 남학생이 손을 번쩍 들었다. 그의 표정은 매우 밝게 빛났다. 학생은 자리에서 벌떡 일어나 말했다.

"성공이란 남보다 내가 잘되는 것입니다."

"남보다 내가 잘된다는 것은 무엇을 말하는지요?"

나는 미소를 머금고 물었다.

"남보다 더 돈을 잘 벌고 높은 자리에 오르는 것입니다."

그는 자신의 대답에 스스로 만족한 표정을 지으며 자리에 앉았다.

"또 말해 볼 사람 있나요?"

내 말이 떨어지기 무섭게 한 남학생이 손을 들었다.

"성공이란 내가 만족하는 행복입니다."

그 남학생의 말을 듣고 나는 매우 흡족한 마음이 들었다. 그래서 나는 그 의미를 말해보라고 했다. 남학생은 이렇게 말했다.

"각자가 느끼는 행복의 차이는 있겠지만, 저는 무엇을 하든 자신이 행복하다면 그것을 성공이라고 말하고 싶습니다.”

나는 그의 말을 듣고 미소 지었다. 그 어디에서도 청소년들로부터 그런 말을 들어 본 적이 없었기 때문이다.

“여러분, 돈 잘 벌고 높은 자리에 오른 것도 분명히 성공입니다. 그러나 진정한 성공은 자신이 만족할 수 있는 행복한 삶을 사는 것입니다. 어떤 사람은 100억이 있어도 만족하지 못하는가 하면 또 다른 사람은 단돈 1만 원만 있어도 행복을 느낍니다. 왜 그럴까요? 그것은 100억을 가진 사람은 더 많은 돈을 갖고 싶어 하기 때문입니다. 그러나 1만 원만 갖고도 행복하다고 느끼는 것은 작은 것에 감사할 줄 아는 마음을 가졌기 때문입니다. 여러분, 오늘 이 시간 이후 진정한 행복에 대해 생각하길 바랍니다. 그리고 자신에게 맞는 행복의 기준을 정해보세요. 그러면 마음가짐을 새롭게 할 수 있어 더 행복한 사람이 될 수 있을 겁니다. 그리고 더욱 중요한 것은 자신뿐만 아니라 자기가 사는 사회와 주변 사람들에게도 도움을 줄 수 있을 때 행복은 더욱 커지는 것입니다. 그것이 진정한 성공입니다.”

안철수는 타인의 행복도 소중히 여기는 아름다운 마음을 가졌다.

진정성이 있는 사람이 되어야 한다. 진정성이 있는 사람은 상대에게 함부로 하지 않는다. 언제나 변함없이 한결같은 모습으로 대한다. 안철수가 사람들로부터 좋은 평가를 받고, 환영을 받는 것은 그가 진정성 있는 사람이기 때문이다. 안철수는 거짓이 없다. 그는 자신의 모든 것을 다 보여준다. 자신을 잘 보이게 하려고 거짓으로 꾸미거나 없는 일을 있는 것처럼 하지도 않는다. 자신을 솔직하게 보여준다. 거짓이 없는 마음, 진실한 마음, 정직한 마음 등이 바로 진정성이다.

모든 생활에서 진정성 있는 삶의 자세가 필요하다. 진정성 있는 삶의 자세를 키우려면 다음과 같은 노력이 필요하다.

첫째, 항상 같은 마음이 유지되도록 해야 한다. 기분에 따라 태도가 수시로 바뀌면 그 사람을 믿지 못하게 된다. 변덕쟁이로 여기게 되어 가식적인 사람으로 생각한다. 항상 변함없는 마음을 보여주어야 한다.

둘째, 상대를 친절하게 대해야 한다. 친절은 상대에게 믿음을 주고 기쁨을 준다. 그래서 친절한 사람을 좋아하고 그에게 관심을 보인다.

셋째, 정직해야 한다. 서양 격언에 '정직은 최대의 방책이다'라는 말이 있다. 정직은 거짓이 없는 마음을 말한다. 정직은 상대가 자신을 신뢰하는 가장 확실한 마음이다.

넷째, 믿음을 주어야 한다. 믿음은 인간관계에서 매우 중요한 것이다. 믿음은 상대로부터 자신을 신뢰할 수 있게 하여 좋은 관계를 유지하게 해준다. 믿음은 그 자체만으로도 훌륭한 소통이 되기 때문이다.

다섯째, 허영심을 버리고 사치를 멀리 해야 한다. 허영심과 사치는 사람을 우쭐하게 하고 거짓 되게 한다. 허영심과 사치는 사람을 위선으로 가득 차게 만든다. 그래서 위선자들은 허영심과 사치가 많다. 이를 경계해야 한다.

여섯째, 겸손하고 교만하지 않아야 한다. 겸손한 사람에게서는 참 마음이 느껴진다. '저 사람은 믿어도 되겠다'라는 생각이 들어 그 사람과 잘 지내려고 한다. 교만한 사람에게는 거짓 마음이 느껴진다. 그래서 교만한 사람과는 거리를 두게 된다.

일곱째, 남을 높여주고 칭찬을 잘해야 한다. 사람들은 남을 높여주고 칭찬을 잘하는 사람을 좋아한다. 그런 사람은 인간관계를 중요하게 생각하는 사람이기 때문이다. 그런 사람과 교류하는 것은 자신에게 큰 도움이 된다. 남을 높여주고 칭찬하는 마음은 진정성이 있어야 할 수 있는 마음이다.

이 모두를 갖출 수 있도록 꾸준히 노력하고 실천하다 보면 진정성 있는 마음이 된다.

"나는 하나의 절실한 소원이 있다. 그것은 내가 이 세상에 태어난 까닭에 조금이라도 세상이 좋아져 가는 것을 볼 때까지 살고 싶다는 것이다."

이는 아브라함 링컨이 한 말이다. 링컨이 세계인들에게 존경받는 이유는 아무도 행하지 못한 노예 제도를 없애고, 노예들을 해방하고 그들이 인간답게 살아갈 자유와 권리를 주었기 때문이다. 하지만 더 근본적인 것은 그가 인간을 존중하고 사랑하는 데 있다.

"대통령님, 왜 구두를 직접 닦으십니까?"

구두를 손수 닦는 그를 보고 비서가 말했다.

"내 구두는 내가 닦아 신어야지. 그게 내가 할 일일세."

이처럼 링컨은 대통령 시절 구두를 손수 닦을 만큼 소박하고 겸손한 사람이었다.

어느 날 링컨은 대통령에 당선되고 나서 어느 소녀로부터 수염을 기르면 좋겠다는 편지를 받았다.

"대통령 아저씨께서 수염을 기르시면 참 멋지실 거예요."

소녀의 편지를 받고 링컨은 미소를 지었다.

'어디 한 번 수염을 길러볼까?'

이렇게 생각한 링컨은 소녀의 바람대로 수염을 길렀다.

링컨의 위대성은 바로 여기에 있다. 작은 것 하나에도 최선을 다하는 진정성이야말로 링컨을 성공한 대통령, 위대한 대통령이 되게 했던 것이다.

사람들을 진실로 배려하고 아끼는 안철수의 마음과 링컨의 마음은 많이 닮았다. 두 사람 모두 진정성이 넘치는 마음을 가졌기 때문이다.

진정성은 아무리 강조해도 부족하다. 그만큼 인간관계에서 중요하다는 것이다. 아무리 명성이 높고, 돈이 많고, 권력을 가졌다 하더라도 진정성이 없다면 존경을 받을 수가 없다. 진정성 있는 삶이야말로 누구에게나 존경받는 삶이다. 청소년들이 사람을 진정으로 대하는 안철수의 진정성을 배웠으면 한다.

02

배려는 사랑의 마음이다

배려는 사랑이다 ★ ★ ★ ★ ★

어린 시절 안철수는 마음이 여려 친구를 괴롭히거나 놀리지 않았다. 놀림을 당하는 쪽은 언제나 안철수였다. 그렇지만 안철수는 친구들을 미워하지 않았다. 언제나 자신이 양보하고 이해하는 쪽을 택했다. 이러한 행동이 안철수에게 배려하는 마음의 싹을 틔우게 했다.

안철수는 대학에 가서 의료 봉사 활동을 할 때 병원이 없는 시골과 쪽방촌 등 빈민가를 찾아 봉사 활동을 했다.

"아유, 이렇게 고마울 수가 있나."

"그러게 말이에요. 학생들이 너무 애쓰네요."

봉사 활동을 하다 보면 힘든 일도 많았지만 사람들이 좋아하는 모습을 보면 보람이 더 컸다. 안철수는 의료 봉사 활동을 하며 큰 깨달음을 얻었다. 우리 사회에는 도움이 필요한 곳이 많다는 것과 그들을 위해 무언가를 할 수 있다는 것은 행복한 일이며 자신이 앞으로 해야 할 일이라는 것을 직접 느꼈다.

'앞으로 더 열심히 봉사해야지.'

안철수는 의료 봉사 활동을 하면서 남을 배려하는 것은 행복한 일이라는 걸 알게 되었다.

컴퓨터가 바이러스에 감염되면 컴퓨터를 사용할 수 없기 때문에 백신 프로그램을 팔면 큰돈을 벌 수 있었다. 그런데 안철수는 힘들게 개발한 바이러스 백신 프로그램을 사람들에게 무료로 나누어주었다. 안철수가 사람들에게 무료로 나누어주었던 것은 남을 배려하겠다는 자신과의 약속을 지키기 위해서다.

안철수연구소를 세우면서 자신과 한 약속이 있다. 일반 사람들에게는 백신 프로그램을 무료로 나누어주겠다는 것이다. 그리고 기업이나 관공서에는 돈을 받고 판매해서 연구소를 알차게 발전시키겠다는 것이었다.

"아니, 그렇게 해서 회사가 운영되겠어요?"

"왜 남 좋은 일만 하려고 합니까?"

안철수가 자신의 생각을 말했을 때 많은 사람이 걱정하며 말렸다. 회사는 이익이 남아야 계속 운영할 수 있기 때문이다. 그러나 안철수는 자신의 약속대로 실천하였다.

안철수는 직원들도 잘 배려했다. 직원들이 자신의 능력을 잘 나타내려면 배려해야 한다고 생각했다. 그래야 어려운 일이 생겼을 때 서로 힘을 모아 이겨낼 수 있다고 믿었다. 직원들은 자신을 배려하는 안철수를 보며 회사를 위해 최선을 다했다. 그리고 서로 양보하고 배려했다. 그러자 회사는 나날이 발전해나갔다.

안철수가 자신과의 약속을 실천할 수 있었던 것은 의료 봉사 활동을 하며 배운 배려의 마음 때문이다. 배려하는 마음은 모두를 생각하는 사랑의 마음이다.

배려하는 마음 기르기 ★ ★ ★ ★ ★

배려하는 마음은 참 소중하다. 그러나 이를 머리에 담아 둔다고 해서 다 되는 일은 아니다. 마음에 깊이 새겨 실천에 옮길 수 있어야 한다. 그래야 친구는 물론 사람들과의 관계를 잘 이어갈 수 있다.

첫째, 양보하는 마음을 길러야 한다. 길을 갈 때, 영화를 관람할 때, 차를 탈 때, 유원지에서 놀 때 순서를 무시하고 질서를 어지럽히는 사람들을 종종 보게 된다. '미꾸라지 한 마리가 온 개울물을 흐리게 한다'는 말처럼 그런 사람들 때문에 질서가 파괴된다. 이는 자신뿐만 아니라 다른 사람들에게도 피해를 주는 행위다. 이런 못된 행동은 반드시 고쳐야 한다. 그렇게 될 때 질서를 유지하게 되고, 타인과의 관계를 부드럽게 이어갈 수 있다. 양보는 타인에 대한 배려에서 할 수 있는 아름다운 행동이다.

둘째, 이해하는 마음을 길러야 한다. 이해는 타인에 대한 예의이다. 타인이 하는 말, 행동을 존중해주어야 한다. 물론 도리에 어긋나는 말이나 행동은 그렇게 할 필요가 없지만, 조금 못마땅한 일 정도는 왜 그 사람이 그렇게 했을까, 하고 이해하는 것이 좋다. 상대가 그런 마음을 알게 되면 조심하려고 할 것이다. 그리고 고맙게 생각하며 좋은 관계를 맺고 싶어 손을 내밀고 다가오게 된다. 상대를 이해하고 배려하는 마음은 자신과 상대에게 기쁨을 준다.

셋째, 책임감을 길러야 한다. 책임감은 믿음이다. 자신이 맡은 일은 어떤 일이 있어도 해내려고 해야 한다. 자신에게 주어진 일을 해내지 못하면 신뢰를 잃게 된다. 신뢰를 잃지 않고 자신의 존재감을 보여주려면 반드시 책임감 있게 행동해야 한다. 그래서 책임감이 강한 사람은 남에게 미루는 일은 하지 않는다. 이런 사람을 좋아하지 않을 사람은 없다. 책임감이 강한 사람이 배려하는 마음이 좋다는 말을 듣는 것은 바로 이 같은 이유에서다.

넷째, 질서를 잘 지켜야 한다. 질서는 사회의 규범이다. 누가 시키지 않아도 지켜야만 하는 것이다. 질서는 삶을 바르게 하고, 서로 조화롭게 하고, 자신의 책임을 다하는 행위다. 질서는 가장 보편적이고 기본적인 도덕성이다. 질서가 파괴된다면 도덕성이 무너지고, 사회는 혼란에 빠져 불행을 겪게 된다. 질서는 당연히 지키는 것이고 상대에 대한 예의이며 배려다. 질서를 잘 지키는 사람이 배려심도 좋다.

안철수는 배려를 잘하는 사람이다. 자신의 이익을 위해 편법을 쓰거나 남을 곤경에 빠트리지 않는다. 이처럼 아름다운 마음으로 살기 때문에 남에게 모범이 되고 존경을 받는 것이다.

도덕성을 길러야 하는 이유 ★ ★ ★ ★ ★

도덕성이란 사람과 사회에 대하여 지켜야 할 사회적 규범을 일컫는 말이다. 예의를 지키고, 약속을 지키고, 질서를 지키는 단정한 마음은 도덕성에서 온다. 도덕성이 좋은 사람은 절대로 남에게 해를 입히거나 사회에 물의를 일으키지 않는다. 도덕성은 사람이 반드시 갖춰야 할 긍정적이고 생산적인 마음이다. 남에게 인정받고 행복하게 살아가려면 도덕성이 좋아야 하는 것도 다 이런 이유에서다. 훌륭한 도덕성은 다음과 같은 자세에서 나온다.

첫째, 남의 말에 흔들리지 않는다. 주변에서 근거 없는 말을 해서 안철수를 힘들게 할 때가 있다. 그런 말을 들을 때마다 자신은 그런 적 없다고 할 수도 있을 텐데 그러지 않았다. 왜냐하면 근거 없는 말은 시간이 지나면 연기처럼 사라진다는 것을 너무도 잘 알기 때문이다.

둘째, 원칙을 잘 지킨다. 안철수는 원칙을 잘 지키는 사람으로도 유명하다. 그런데 안철수의 원칙이 자신만을 위한 것이라면 그리 대수롭지 않을 것이다. 안철수의 원칙은 자신은 물론 회사와 사회를 위한 것이다. 원칙이 무너지면 모두에게 불행해 질 수 있기 때문이다. 원칙을 지키는 데는 힘이 들 수도 있고, 불편할 수도 있다. 그럼에도 원칙은 지켜야 한다. 안철수는 어렵고 힘든 가운데서도 철저하게 원칙을 지키고 있다. 사람들은 안철수의 이런 모습에 감동하고 좋아한다.

셋째, 책임감이 강해진다. 안철수는 책임감이 강하다. 특히 자신과의 약속에 대한 책임감이 강하다. 사람들은 대부분 자신과의 약속을 잘 지키지 않는다. 스스로에게 한 약속을 안 지켜도 누가 뭐라고 하지 않기 때문이다. 그러나 이는 잘못된 생각이다. 자신이 인정받고 잘되기 위해서는 자신과의 약속에 대한 책임감이 강해야 한다. 그래야 타인과 사회에 대해 강한 책임감을 가질 수 있다. 책임감이 약한 사람들이 욕을 먹고 손가락질 받는 것은 무책임하기 때문이다. 그래서 책임감 있는 청소년이 되어야 한다.

넷째, 자신에게 엄격하고 타인에게는 관대해야 한다. 중국의 유명한 학자인 공자는 "자신에게는 엄정하고 남에게 관대하라"고 말했다. 이 말은 자신의 실수나 책임은 엄하게 하여 반성하고, 남에게는 배려하고 사랑을 베풀라는 것이다. 그러나 이렇게 하기란 쉽지 않다. 사람은 유리한 것은 자기 때문이라고 여기고, 잘못된 것은 상대의 실수라고 말한다. 이런 비겁한 마음으로는 무엇 하나 똑똑하게 해낼 수 없다. 자신에게 엄격해야 무슨 일이든 해낼 수 있고, 타인과 사회로부터 인정받게 되는 것이다.

안철수가 단지 공부를 잘하고 똑똑해서 성공한 것은 아니다. 남을 배려하는 따뜻한 마음과 자신의 일에는 엄격하고, 책임을 질 줄 아는 사람이기 때문이다.

"남을 위해 일할 수 있다는 것은 어린 시절부터 나의 최고의 행복이며 즐거움이었다.”

　악성 베토벤은 음악만 잘해서 훌륭한 사람이 되지 않았다. 베토벤은 자신이 말한 것처럼 남을 위해 즐거운 음악을 만들었고, 행복을 심어주었다.

　안철수처럼 꿈을 이루고 싶은 청소년들은 모두를 생각하는 마음을 갖고 꾸준히 실천해야 한다. 꿈은 노력하고 실천하는 사람을 좋아한다.

03
자신을 존중하고 사랑하기

자신을 존중하는 마음 ★ ★ ★ ★ ★

안철수가 성공한 데에는 여러 가지 성공 요소가 있다. 그 중 하나가 자신을 존중하는 것이다. 자신을 존중하는 사람은 인생을 함부로 살지 않는다. 자신을 이 세상에서 가장 소중한 존재라고 믿기 때문이다.

안철수는 누구보다도 자신을 존중했다. 자신을 존중하는 것이 자신에 대한 예의이며, 자신을 낳아준 부모님께 대한 도리라고 생각했다.

안철수는 연구소를 설립하고 재정난으로 4년 동안 많이 힘들어했다. 그는 힘들고 어려웠지만 아름다운 미래를 위해 자신의 꿈을 포기하지 않았다. 포기한다는 것은 스스로 자신을 무시하는 못난 일이라고 생각했기 때문이다. 자신을 존중하는 안철수의 마음은 그 어떤 시련도 이겨내게 했고, 자신이 꿈꾸었던 것들을 모두 이루어낼 수 있게 했다.

안철수처럼 청소년들도 인생을 행복하게 살고 싶다면 자신을 존중해야 한다. 이 세상에서 자신보다 더 소중한 것은 없다. 그런데 이런 평범한 사실을 알고도 자신에게 함부로 하는 사람들이 있다. 그런 사람들의 입에서는 늘 불평이 쏟아진다.

"남들은 잘 생기고, 잘 사는데 나는 왜 이래?"

"나는 차라리 태어나지 않았으면 더 좋았을 거야."

이런 어처구니없는 생각을 반복하면서 한편으로는 자신이 잘 되길 바라고 행복해지길 바란다. 이런 악순환을 거듭하면서 하루하루를 의미 없이 살기 때문에 가까이 오던 성공과 행복도 다른 곳으로 가버리는 것이다. 자신을 존중하는 것은 주어진 삶을 사랑하는 일이며 행복하게 하는 일이다. 그래서 자신을 존중하는 사람은 자신을 위해 노력하고, 매사에 최선을 다한다.

"자신을 진정으로 사랑하려면 자신의 능력으로 어떤 일이든 최선의 노력을 다해야 한다. 자신의 다리로 높은 곳 즉 자신의 목표를 향해 걸어야 한다. 그것은 고통이 따른다. 그러나 그것은 마음의 근육을 단련시키는 고통이다."

이는 독일의 철학자 프리드리히 니체의 말이다. 니체의 말에서도 알 수 있듯 자신을 사랑하고 존중하려면 자신이 하는 일에 최선을 다해야 한다. 노력 없이 자신을 존중한다는 것은 새빨간 거짓말이다. 자신을 존중하고 사랑하는 일은 땀을 흘리는 일이며, 열정을 갖고 노력해야만 하는 가치 있는 일이다.

그냥 오는 행복한 결과를 기대하지 말아야 한다. 그것은 요행일 뿐이다. 그것이 자신을 사랑하고 존중하는 일이라고 착각하는 것을 경계해야 한다.

자신을 사랑하기 ★ ★ ★ ★ ★

안철수는 자신을 사랑했다. 자신을 사랑하지 않으면 남도 자신을 사랑하지 않는다고 생각했다. 자신을 사랑하는 사람은 게으름을 피우지 않고, 시간을 낭비하지 않는다. 그것은 자신을 소모하는 일이라고 생각하기 때문이다.

안철수가 책을 읽으며 지식을 습득하고, 자신이 좋아하는 일에 열정을 갖고 일할 수 있었던 것은 자신을 사랑해서다. 안철수는 네 시간 이상 잠을 자 본 적이 없을 만큼 자신을 철저하게 관리했다.

자신의 삶을 성공적으로 이뤄낸 사람들의 몇 가지 특징 중 가장 돋보이는 것은 바로 자신을 사랑하는 일이다. 그들은 자신을 누구보다도 사랑했다. 자신을 진실로 사랑하면 자신을 더욱 아끼고 사랑하게 되며 목표가 뚜렷하고 실천력이 강해지며 모든 일에 감사하며 살게 된다. 또한 언제나 꿈을 잃지 않고 남을 돕는 일을 즐거워하게 된다.

"자신의 인생을 완성하려면 가장 먼저 자신을 축복하라."

자신의 미래를 아름답게 완성하는 일은 곧 성공적인 삶을 의미한다. 니체의 말처럼 자신의 인생을 완성하기 위해서 자신을 아낌없이 사랑해야 한다. 노력하지 않고 오는 어떤 행복도 성공도 없으므로 자신에게 주어진 일에 최선을 다해야 한다.

안철수는 자신이 꿈을 이루고 싶다면 자신이 성공할 수 있도록 노력해야 하며 이는 자신에게 기회를 주는 것이라고 말했다. 그런데 많은 사람이 자신을 불행하다고 생각하고, 자신에게 주어진 환경을 탓하고 불평한다. 그리고 세상이 확 바뀌었으면 좋겠다고 말한다. 삶은 노력하지 않는 사람에게는 절대로 기회를 주지 않는다. 적극적으로 자신을 사랑하고, 적극적으로 자신이 원하는 것을 이루려면 열정을 바쳐야 한다.

삶의 목적을 잃어버린 많은 청소년이 길을 잃고 방황하고 있다. 용기를 잃고 자신을 함부로 여겨서는 안 된다. 오히려 자신을 사랑하고 존중해야 한다. 자신을 사랑하는 마음을 갖고 최선을 다하는 청소년에게 밝은 미래는 반드시 찾아온다.

프리드리히 니체는 한 시대를 뜨거운 열정과 불꽃 같은 의지로 살다간 성공한 인생이다. 그가 한 시대를 풍미할 수 있었던 것은 자신의 말처럼 소중한 것을 위해 노력했으며, 자신을 사랑하고 축복하며, 자신의 인생을 완성했기 때문이다.

만일 안철수가 자신을 함부로 여기고 사랑하지 않았다면 어떻게 되었을까? 오늘의 안철수는 없었을 것이다. 안철수는 지혜로웠기 때문에 자신이 잘되는 길은 자신을 사랑하는 일이라는 것을 알았다. 안철수처럼 사람들에게 주목받으며 살고 싶다면 자신을 아낌없이 사랑하고 존중하는 청소년이 되어야 한다. 자신을 사랑하는 만큼 성공과 행복을 느끼게 될 것이다.

남녀는 평등하다 ★ ★ ★ ★ ★

자신을 사랑하고 존중하는 사람은 남녀가 평등하다고 생각한다. 안철수는 남녀는 평등하다고 믿고 있다. 그는 여자 직원들에게도 존중하는 마음을 잃지 않고 대한다. 아내에게도 최대한 예의를 갖춘다.

안철수는 의학 공부를 하며 바이러스 백신을 만드는 가운데도 자신이 먼저 퇴근을 하거나 어쩌다 시간이 나면 빨래도 하고 청소도 했다. 자신이 남자라고 해서 남자가 하는 일, 여자가 하는 일을 따로 두지 않았다.

의사를 그만두고 컴퓨터 바이러스 백신 프로그램 만드는 일을 하겠다고 결심한 그는 자신의 생각을 아내에게 말했다. 아내는 안철수에게 하고 싶은 일을 하라며 격려해주었다.

안철수는 아내가 고마웠다. 그의 아내는 오늘의 그가 있기까지 그를 응원하고 지지해준 고마운 동반자였다. 안철수가 그의 아내나 여성들에게 좋은 이미지를 주는 것은 바로 여성에 대한 평등한 시각에서다.

현대 사회는 남녀가 따로 없다. 남자가 여자가 하는 일을 하고, 여자가 남자가 하는 일을 자유롭게 할 수 있는 시대다. 물론 아직 만족스럽지는 않지만 가면 갈수록 일의 구분이나, 능력에서 별 차이를 느끼지 않게 될 것이다.

186

안철수는 열린 마음 열린 생각을 한다. 이러한 긍정적인 마음과 열린 사고가 그가 발전하고 성공하는 데 있어 크게 기여했다는 것을 잊지 말아야 한다.

지금 청소년들이 우리 사회를 이끄는 주역이 될 때는 지금과는 전혀 다른 사회로 변할 것이다. 모든 것이 확연하게 변화된 사회의 주역으로 살아가려면 열린 사고와 열린 마음을 키우고, 남녀평등 정신을 기르며, 자신을 존중하고 아낌없이 사랑해야 한다. 또 사회에 대한 책임 의식을 키워야 한다.

이 마음들을 담아 꾸준히 실천한다면 안철수가 자신을 존중하고 사랑했듯이 청소년들도 자신을 존중하고 사랑하는 마음을 갖게 될 것이다. 그리고 매사를 긍정적으로 바라보면서 어른이 되었을 때 성공한 자신의 모습을 보게 될 것이다.

04

소통은 성공의 열쇠

관대한 마음 갖기 ★★★★★

안철수는 타인과 사회에 대해 관대하고 배려하는 따뜻한 마음을 가지고 있다. 그가 따뜻한 성품을 가질 수 있었던 것은 타고난 성격도 있지만 그의 어머니 영향이 크다. 안철수의 어머니는 항상 그에게 존댓말을 한 것으로 유명하다.

"어머니께서는 항상 저에게 존댓말을 하셨어요. 그래서 저는 세상의 모든 어머니는 당연히 아들에게 존댓말을 하나 보다 했지요. 제가 반말을 못하는 것은 어머니 영향 때문인 것 같아요."

어릴 적부터 부모님의 말 한마디는 자식에게 커다란 영향을 미친다는 것을 알 수 있다.

어느 날 새벽 전화가 왔다. 그 전화는 하루종일 공부하고 백신을 만드느라 지칠 대로 지친 안철수의 잠을 깨웠다. 안철수는 눈을 비비며 일어나 수화기를 집어 들었다.

"누, 누구세요?"

안철수가 말했다.

"컴퓨터가 말을 안 들어요. 제발 도와주세요!"

상대방의 목소리는 매우 다급했다.

"지금 몇 십니까?"

"새벽 2시에요."

새벽 2시에 전화해서 곤히 잠든 안철수를 깨워 하소연했다. 보통 사람들이라면 분명히 화를 냈을 것이다. 하지만 안철수는 달랐다. 얼마나 급한 일이면 새벽에 전화했을까, 생각하며 친절하게 바이러스 퇴치법을 설명해주었다. 전화를 건 사람은 안철수의 도움으로 바이러스에 감염된 컴퓨터를 치료할 수 있었다.

그뿐만이 아니었다. 의사 시절 하루에도 전국에서 수십 통의 문의 편지가 왔다. 안철수는 바쁜 와중에도 일일이 편지를 읽어 보며 그들의 질문에 답장을 써서 보내주었다.

"이봐, 자넨 의사야. 자선 사업가가 아니라고."

일일이 답장까지 해주는 안철수를 보고 한 선배가 말했다.

"얼마나 답답하면 편지를 했겠습니까? 그러니 당연히 알려줘야지요."

"하하. 자네 열정을 누가 말리겠어."

웃으며 말하는 안철수를 보며 선배는 고개를 좌우로 흔들며 말했다. 안철수연구소를 차리고 나서 전담 직원까지 두고 도움을 요청하는 사람에게는 언제나 친절하게 퇴치법을 알려줬다. 남을 생각하고 배려하는 안철수의 마음이 얼마나 정성스러운지 잘 알 수 있는 이야기다.

안철수에게 열광하는 이유 ★ ★ ★ ★ ★

지금 대한민국은 안철수라는 작은 거인에게 열광하고 있다. 안철수는 2011년 서울 시장 보궐 선거를 앞두고 50퍼센트가 넘는 지지를 받았다. 그러나 그는 박원순 후보에게 시장 자리를 양보하였다. 안철수는 박원순 후보에 대해 다음과 같이 말했다.

"그와 만나 짧게 이야기를 했지만 그의 뜻을 읽을 수 있었습니다. 나와 공감하는 부분이 많았어요. 그래서 그를 지지했습니다."

안철수의 인품을 다시 한 번 느낄 수 있는 말이다. 그는 개인의 욕망보다는 다수의 행복을 추구하는 마음을 가진 사람이다. 그렇지 않다면 자신에게 찾아온 서울 시장 자리를 양보하지 못했을 것이다. 안철수의 양보로 불과 5퍼센트의 지지를 받았던 박원순 후보는 서울 시장에 당선되었다.

전 국민이 안철수에게 열광하는 이유는 무엇일까?

첫째, 사회와 이웃을 배려하는 마음이 뛰어나다. 보통 사람들은 자신의 노력으로 이룬 성과는 모두 자신의 것으로 삼지만 안철수는 자신만을 생각하지 않았다. 이웃을 위하고, 사회를 위하고, 국가를 위하는 그의 진정성이 국민의 마음을 강하게 움직였던 것이다.

둘째, 남다른 도전과 열정을 가지고 있다. 사람들이 안철수에게 갖는 가장 큰 관심은 그의 도전의 끝을 알 수 없다는 것이다. 그는 초등학교에 다닐 때만 해도 보통 아이였다. 그러나 열심히 공부해 의사가 되고 나서 독학으로 컴퓨터를 익히고 바이러스 백신 프로그램을 만들어냈다. 그리고 의사를 포기하고 안철수연구소를 설립했다. 그 후 한국과학기술원 석좌 교수, 서울대학교 융합과학기술대학원 원장이 되었다. 그의 변신은 끊임없이 현재진행형이다.

셋째, 청소년이 닮고 싶어 하는 롤 모델이다. 모두가 그를 닮고 싶어 한다. 따뜻한 성품, 열정과 도전 정신, 사회와 이웃을 배려하는 넉넉한 마음을 닮기를 소망한다. 이를 반영하듯 안철수는 '청춘 콘서트'에서 젊은이들과 만남의 시간을 갖고 멘토로서 분주히 활동하고 있다.

사람들이 안철수에게 열광하는 이유는 크게 세 가지 이유에서다. 이 세 가지는 어떻게 보면 할 수 있을 것 같다는 생각이 들 것이다. 그렇지만 매우 어려운 일이며 아무나 할 수 없는 일이기에 사람들이 안철수에게 열광하는 것이다.

안철수의 소통법 ★ ★ ★ ★ ★

자신이 원하는 것을 얻기 위해서라면 안철수의 진정성을 배워야 한다. 그동안 성공적인 삶을 이룬 많은 사람을 봤지만 안철수에게는 다른 이들이 보여주었던 모습 외에 그만이 색깔이 있다. 그는 자신의 발전만큼이나 모두가 함께 잘살기를 희망한다. 모두를 위하는 마음은 진정성이 없으면 할 수 없다.

첫째, 나를 앞자리에 두기보다는 뒤에 두자. 사람은 누구나 남보다 앞자리에 서길 원한다. 남보다는 내가 더 나아야 한다는 마음

192

때문이다. 물론 이런 마음을 갖는 것은 당연한 일이지만 의미 있는 인생이 되기 위해서는 자신의 발전을 이루기 위해 노력하되, 남을 자신 앞에 두는 넓은 마음을 가져야 한다.

둘째, 부드러운 마음과 열린 생각을 해야 한다. 안철수는 매우 유순한 인상이다. 말도 매우 조심스럽게 한다. 그는 자신의 인상만큼이나 부드러운 마음을 가졌다. 이런 마음은 거부감을 주지 않는다. 모두가 함께하기에 딱 좋은 마음이다. 그래서 이런 마음을 가진 사람들은 생각 또한 열려있는 경우가 많다. 누구에게나 필요한 사람이 되기 위해서는 부드러운 마음과 열린 생각을 길러야 한다.

셋째, 나누는 마음을 가져야 한다. 내 것은 내 것, 네 것은 네 것이라는 마음은 나누는 마음을 함께하기에는 부족하다. 나누는 마음 즉 공유하는 마음은 탐욕을 버려야 가질 수 있는 마음이다. 사실 이런 마음을 갖기란 힘들다. 내 것을 남에게 나누어준다는 것은 아깝다는 생각을 갖게 한다. 그렇지만 나누는 기쁨을 안다면 아까워하는 마음을 떨쳐버릴 수 있다. 나누는 즐거움을 아는 사람들은 말한다.

"나의 것을 나누는 즐거움을 가져라."

움켜쥐고 있는 즐거움도 크지만 나누는 즐거움은 훨씬 더 크다. 모두 나누는 마음을 길러보자.

넷째, 겸허하게 말하고 행동해야 한다. 안철수의 말과 행동은 아주 겸허하다. 그에게는 사회적 위치에 따른 성공한 사람이 갖게 되는 우쭐함이나 교만함을 볼 수 없다. 언제나 상대방보다 목소리를 낮추고, 조용히 마주한다.

그가 해군 군의관으로 근무할 때 일이다. 군이란 계급 사회라는 특수한 집단이다. 나이와 학력, 사회적 배경 따윈 통하지 않는 곳이 군대다. 그는 일반 사병에게도 반말하지 않았다고 한다. 그만큼 말과 행동에서 겸허했던 것이다.

겸허한 마음은 상대방의 고개를 숙이게 한다. 내가 먼저 숙임으로써 상대방은 더욱 고개를 숙이고 다가온다. 이런 삶의 자세는 치열한 경쟁 사회에서 소모적인 것이라고 여길지도 모른다. 하지만 부드러운 것이 강함을 이기는 법이다. 낙숫물이 바위에 구멍을 뚫는 법이다. 겸허한 마음으로 진정성 있게 소통해야 한다.

사람들과 좋은 관계를 유지하고 싶다면 이런 마음을 실생활에 적용시키면서 몸에 익히도록 해야 한다. 물론 쉽지만은 않을 것이다. 성격적으로 맞지 않다면 더더욱 그렇다.

그렇지만 해야 한다. 그 어떤 것도 노력하면 충분히 개선할 수 있는 게 사람이다. 사람이 해서 안 되는 일은 없다. 되게 하니까, 사람인 것이다.

"당신의 이상적인 삶에 대해 꿈꾸고 상상하라. 어떤 모습일지 어떤 느낌일지, 그리고 나서 매일 그것을 현실로 만드는 데 도움이 되는 무엇인가를 실행하라."

이는 비즈니스 컨설턴트이자 성공 전략 전문가인 브라이언 트레이시의 말이다. 그의 말처럼 자신의 미래에 대해 상상하고 그것을 현실로 만드는 일에 최선을 다해야 한다. 또 인간관계에 있어 소통을 중요하게 생각해야 한다. 아무리 좋은 환경 조건을 갖고 있다고 해도, 소통이 원활하지 못하면 더 나은 결과를 얻기 어려울 수도 있다.

우리는 그것을 안철수의 삶에서 잘 알 수 있다. 그는 일류대 출신으로 의사와 경영인, 교수를 역임하고, 서울대학교 융합과학기술대학원 원장으로서 최상의 사회적 조건을 갖췄다. 그가 중요한 사회적 인물이 될 수 있었던 것은 소통에 있어 좋은 마음을 가졌기 때문이란 것을 간과해서는 안 될 것이다.

이처럼 뛰어난 소통 능력을 가진 그도 어린 시절과 중·고등학교 시절에는 친구들과 어울리지 못했고, 혼자 노는 아이로 인식되곤 했었다. 그가 소통의 귀재가 될 수 있었던 것은, 인간관계의 중요성을 알고 부단히 노력한 가운데 이뤄진 것이다.

소통은 환경을 넘어설 만큼 인간관계에 있어 매우 중요하다.

공부도 열심히 해야겠지만, 인간관계는 그 이상으로 중요한 성공의 수단인 것이다. 그러므로 자신에게도, 타인에게도, 사회에도 부끄럼 없는 인생이 되어야 한다. 이것이야말로 우리 청소년들이 자신의 미래를 향해 새롭게 만들어 나가야 할 가치 있는 삶이며 행복이다.

배려는 사랑

배려는 상대방을 생각하는 따뜻한 마음이다. 배려는 사랑 없이는 행할 수 없는 보석 같은 마음이기도 하다. 배려심이 많은 사람은 마음이 맑고 너그럽다. 배려는 인간관계에서 매우 중요하다. 서로의 관계를 유기적으로 만들어 소통을 원활하게 해주기 때문이다. 자기 분야에서 성공적인 삶을 살아가는 사람들은 소통하는데 자연스럽다. 그만큼 배려는 원활한 인간관계를 위해 매우 중요하다.

안철수가 사람들에게 지지를 받는 것은 성공한 사람들에게서볼 수 없는 겸손함과 배려가 뛰어났기 때문이다. 안철수는 교만과는 거리가 멀다. 그는 자신을 낮추고 겸손하게 말하고 행동한다. 이런 점이 사람들에게 믿음을 준다.

안철수는 타인에 대한 배려가 매우 뛰어났다. 그는 언제나 자신에게 도움을 요청하는 사람들에게 바이러스 퇴치법을 친절하게 알려주었다. 이는 여간해서는 할 수 없는 행동이다. 늘 잠이 모자란 그에게 잠을 깨운다는 것은 상당히 곤혹스러운 일이기 때문이다. 배려하는 사람이 좋은 이미지를 주는 것은 배려는 타인에 대한 사랑이 없으면 할 수 없는 행동이기 때문이다. 안철수의 따뜻한 배려는 타인에 대한 사랑에서 오는 자연스러운 행동이다.

　한 남자가 보트에 구멍이 나 있다는 사실을 까맣게 잊어버리고 두 아이에게 보트를 타도 좋다고 허락했다. 그가 보트에 구멍이 뚫려 있다는 사실을 깨닫게 된 것은 이미 두 시간이 지난 뒤였다.
　"이, 이를 어쩌지! 큰일 났구나."
　남자는 허둥거리며 밖으로 뛰어나갔다. 그러고는 호수를 향해 달려갔다. 그런데 놀라운 것을 보았다. 사고 당한 줄 알았던 두 아이가 보트를 뭍으로 끌어올리고 있었던 것이다. 그는 반가운 마음에 두 아이를 끌어 안고는 그대로 있었다. 얼마 후 보트를 살피던 그는 혼잣말로 중얼거렸다.
　"누가 수리해 놓았지?"
　그때 지난겨울 보트에 페인트칠했던 페인트공이 생각났다. 그는 페인트공을 찾아갔다. 그러고는 그에게 사례금을 주었다.

"아니, 이게 무슨 돈입니까?"

아무것도 모르는 페인트공은 의아한 얼굴로 말했다. 그 이유를 남자에게 듣고 페인트공이 말했다.

"아, 그랬군요. 페인트를 칠하는 데 구멍이 나 있기에 손본 것뿐입니다. 이 돈은 받을 수 없습니다."

남자의 얼굴에는 미소가 떠올랐다. 페인트공의 마음이 너무도 아름다웠기 때문이다.

『탈무드』에 나오는 이 이야기 속의 페인트공처럼 누가 부탁하지 않아도 자발적으로 행하는 배려는 모두를 아름답게 하는 '삶의 꽃'이다. 아무것도 바라는 것 없이 베푸는 배려는 그래서 아름다운 것이고 사람들에게 감동을 준다.

배려를 잘하는 사람은 진정성이 있는 사람이다. 진정성이란 진실함, 정직함, 성실함을 합쳐놓은 마음이다. 이런 마음을 갖춘다는 것은 쉽지 않지만 인간관계를 부드럽게 이어가려면 진정성을 반드시 갖춰야 한다. 진정성이 있는 사람은 인간관계에 문제가 없다. 인간관계에 문제가 많다는 것은 순전히 자신의 잘못이다.

진정성은 누구에게나 인정받게 하는 긍정적인 마음이다. 진정성이 있는 사람이 되려면 자신을 사랑하고 존중해야 한다. 자신을 사랑하고 존중하는 사람은 자신을 함부로 여기지 않는다. 안철수가 배려심과 진정성이 좋은 것은 자신을 사랑하고 존중하기 때문이다. 그의 무한한 배려는 자신을 사랑하고 존중하는 태도에서 묻어나온다.

안철수는 진정성이 있는 사람이다. 안철수는 거짓을 말하거나 거짓으로 행동하지 않으며, 언제나 정직하게 말하고 행동한다. 또 허영과 사치를 멀리하고, 교만하지 않다. 그는 남을 높여주고 칭찬을 잘하며 근면하고 성실하다.

현대 사회에서 소통은 그 사람의 능력을 가늠하는 척도다. 인간관계를 부드럽게 해주는 소통은 강력한 에너지를 갖고 있다. 그런데 소통의 에너지를 잘 활용하지 못하는 사람들이 많다. 그들은 자신의 약점을 알고 내버려둔다. 자신의 미래를 생각한다면 매우 어리석은 일이다. 지금보다 나은 미래를 활짝 열어가고 싶다면 자기만의 소통법을 만들어야 한다.

먼저 다른 사람의 말을 잘 들어주고 그 사람만의 가치를 인정해야 한다. 경청은 말을 잘하는 것보다 더 효과적인 소통이다. 그리고 상대방의 단점 대신 장점을 봐야 한다. 단점은 부정적인 면만 보게 하지만, 장점은 긍정적인 면을 보게 함으로써 원활한 인간관계를 유지하게 한다. 마지막으로 남자와 여자, 학력 등 편견을 버려야 한다. 편견은 인간관계를 가로막는 소통의 적이다.

역사적으로 볼 때 성공한 사람들의 성공 조건 중에는 뛰어난 소통 능력이 함께했다는 것을 알 수 있다. 윈스턴 처칠, 루스벨트, 간디, 넬슨 만델라 등이 이를 잘 말해준다. 친구 관계가 좋은 청소년이 인기도 많고 잘 어울린다. 이는 친구들과 관계가 원만하기 때문이다. 이처럼 친구들과 잘 지낸다면 어른이 되어서도 소통 능력이 좋아 성공할 기회가 많다. 현명한 청소년은 친구들과의 원만한 소통을 통해 훗날 성공적인 삶을 살게 될 것이다.

안철수의 삶의 철학

안철수의 삶의 철학

★ ★ ★ ★ ★

나는 한창 몸과 마음이 자라는 청소년들에게 확고한 꿈과 목표를 제시할 수 있는 좋은 인물을 선정하여 책을 쓰고 싶었다. 청소년기는 꿈의 골조를 세우는 매우 중요한 시기이기 때문이다. 그래서 적합한 인물을 선정하다 '21세기 청소년 롤 모델'에 잘 맞는 대표적 인물로 안철수 원장을 쓰기로 했다.

안철수 원장은 1962년 부산에서 태어나 초등학교와 중·고등학교를 부산에서 마쳤다. 그리고 서울대학교 의과 대학에 입학해 어려운 의학 공부를 마치고 의사가 되고, 의학 박사 학위를 받았다.

안철수 원장은 의사를 하면서 컴퓨터 바이러스 백신 프로그램을 만드는 일에 열중했다. 그 후 해군 군의관이 되어 낮에는 군의관으로 일하고, 밤에는 컴퓨터 바이러스 백신 프로그램을 만드는 일을 했다. 보통 사람이라면 좀처럼 할 수 없는 일이지만 그의 열정은 대단히 뛰어났다. 이런 노력을 인정받아 1994년 월간 『마이컴』이 선정한 '컴퓨터 인물'이 되었다.

제대 후 안철수 원장은 의사와 컴퓨터 바이러스 백신 프로그램 만드는 일을 두고 고심 끝에 컴퓨터 백신 프로그램을 만드는 안철수연구소를 세웠다. 돈도 없고 직원도 없었지만 신념과 의지로 자신의 일에 최선을 다했다. 안철수 원장은 바이러스 퇴치에 뛰어난 컴퓨터 바이러스 백신 프로그램을 만들며 승승장구하였다. 그리고 그 공로를 인정받아 1996년에는 '자랑스런 신한국인상'을 받았다.

컴퓨터 바이러스 의사라는 이름으로 널리 알려진 안철수 원장은 지금보다 더 나은 미래를 위해 미국 펜실베이니아대학교 공과대학에 유학을 갔다. 그리고 부단한 노력으로 공부를 마치고 공학 석사 학위를 받았다.

한국으로 돌아온 안철수 원장은 컴퓨터 바이러스 백신 프로그램을 열심히 만들었다. 안철수 원장의 뜨거운 열정으로 많은 사람이 안심하고 컴퓨터를 사용할 수 있었다. 안철수 원장은 2002년 미국 『비즈니스 위크』가 선정하는 '2002 아시아의 스타 25인'에 뽑

했다. 또 정부에서 주는 '동탑산업훈장'도 받았다.

2005년 안철수 원장은 새로운 마음으로 안철수연구소 대표 이사를 그만두고, 한국과학기술원 석좌 교수가 되어 학생들을 가르쳤다. 그리고 뜻한 바가 있어 또다시 미국 유학길에 올라 펜실베이니아대학교 와튼스쿨에서 경영학을 공부하였다.

공부를 마치고 귀국하여 다시 한국과학기술원에서 학생들을 가르쳤다. 그리고 지금은 서울대학교 융합과학기술대학원 원장으로 열심히 연구하고 있다. 또한 국민의 절대적인 지지를 받으며 강력한 제18대 대통령 후보로 거론되고 있다.

한 사람이 여러 가지 일을 한다는 것은 분명히 대단한 일이다. 나는 안철수 원장이 이뤄낸 눈에 보이는 결과보다도 자신만의 '삶의 철학과 삶의 자세'에 대해 더 높이 평가한다. 아무리 좋은 머리와 조건을 갖춘 사람도 올바른 마음 자세가 되어 있지 않으면 남들에게 인정받고 존경받기는 쉽지 않기 때문이다.

안철수 원장의 삶을 보면 자신의 삶도 중요하지만, 사회와 이웃을 배려하는 마음이 크다. 사람들은 자신의 노력으로 이룬 성과는 모두 자신의 것으로 삼는다. 그러나 안철수 원장은 자신만 생각하지 않았다. 그는 마음만 먹으면 얼마든지 큰돈을 벌 수 있었지만 컴퓨터 바이러스 백신 프로그램을 통해 큰돈을 벌어야겠다는 생각은 하지 않았다.

안철수 원장은 기업이나 공공 기관 같은 곳에는 돈을 받았지만 개인 사용자에게는 회사를 만들기 전 혼자서 7년 동안이나 무료로 컴퓨터 바이러스 백신 프로그램을 나누어주었다. 그리고 안철수연구소는 안철수 원장이 대표 자리에서 물러난 지금도 개인 사용자에게는 무료로 백신 프로그램을 나누어주고 있다. 그뿐만이 아니라 안철수 원장은 잠시도 쉬지 않고 신종 컴퓨터 바이러스에 대비하기 위해 컴퓨터 바이러스 백신 프로그램을 계속 만들었다. 자신만 생각하지 않고 이웃, 사회, 국가를 위하는 것이 곧 자신을 위하는 것으로 생각했기에 열심히 노력했다.

그리고 지금보다는 미래를 생각하는 마음이 뛰어나다. 현재만 생각하는 사람은 더 이상 발전할 수 없다. 왜냐하면 지금의 만족이 미래를 생각하는 마음의 눈을 가리기 때문이다. 그런데 안철수 원장은 달랐다. 맥아피사에서 큰돈을 주며 회사를 팔라고 했을 때 안철수 원장은 팔지 않았다. 그에게는 큰 꿈이 있었다. 그 꿈은 안철수연구소를 최고로 만드는 것이었다. 회사를 팔지 않은 것은 미래를 생각했기 때문이다. 미래는 지금보다 더 새로운 꿈이 기다리고 있다고 믿었던 것이다. 이러한 안철수 원장의 생각은 1천만 달러라는 큰돈도 중요하지 않게 생각했던 것이다.

미래를 보는 안철수 원장의 눈은 아주 놀랍다. 지금 안철수연구소는 안철수 원장의 바람대로 누구나 부러워하는 회사가 되었다. 안철수 원장처럼 꿈이 있는 사람은 미래를 내다볼 줄 아는 눈을 가져야 한다. 그래야 큰 꿈을 이룰 수 있다.

늘 새로움을 꿈꾸고 최선을 다하는 마음이 있어야 한다. 사람들은 자신의 꿈을 이루면 그것으로 만족한다. 크기와 상관없이 자신의 꿈을 이루기란 쉽지 않다. 그래서 자신의 꿈을 이룬 사람보다는 꿈을 이루지 못한 사람이 훨씬 더 많다. 그런데 안철수 원장은 늘 새로운 꿈을 향해 나아갔다.

안철수 원장의 어렸을 때 꿈은 에디슨이나 아인슈타인처럼 훌륭한 과학자가 되는 것이었다. 그래서 늘 시계나 라디오 같은 것을 뜯고 조립하곤 했다. 그뿐만이 아니다. 메추리알을 품고 자다 알을 깨뜨리기도 하는 등 마치 에디슨이 그랬던 것처럼 언제나 참을 수 없는 호기심으로 가득했다. 이런 호기심은 무한한 상상력을 기르게 하고, 그 상상력은 값진 것을 만들어내게 하는 원동력이 되었다. 그래서 호기심이 많다는 것은 과학자의 꿈을 가진 사람에게는 아주 좋은 장점이다.

이런 안철수 원장도 처음부터 다 잘하지는 못했다. 어린 시절에는 무엇 하나 잘해내지 못했다. 그래서 친구들에게 언제나 놀림을 받곤 했다. 그러나 안철수 원장은 끈기와 강한 집념으로 자신이 마음먹은 것은 반드시 실행에 옮겼다. 책 읽기를 즐기고, 고등학생이 되어서는 기초를 중요하게 여겨 교과서 위주로 공부하여 실력을 기른 끝에 서울대학교 의과 대학에 당당히 합격할 수 있었다. 기초를 중요하게 생각한 안철수 원장은 어려운 의학 공부를 하는 틈틈이 책을 읽고, 독학으로 컴퓨터를 익혀 컴퓨터를 잘 다루는 컴퓨터 박사가 되었다. 그리고 컴퓨터 바이러스 백신을 만들었다.

안철수 원장은 의사가 되고, 의과 대학교수와 학과장까지 역임하였다. 그러나 안철수 원장은 어렸을 때 가졌던 과학자의 꿈을 잃지 않고 언제나 과학자를 꿈꾸고 있었다. 자신의 꿈을 이루려고 컴퓨터 바이러스 백신 프로그램 만드는 일을 선택하여 안철수연구소를 설립하여 밤낮으로 연구하고 노력한 끝에 존경받는 CEO가 되었다.

나는 그동안 성공을 이룬 많은 사람을 봤지만, 그들 중에서도 안철수 원장을 책으로 쓰게 된 것은 그만의 삶의 철학과 삶의 자세가 21세기 주체가 되어 살아갈 우리 청소년들에게 꼭 필요하다고 생각했기 때문이다.

나는 우리 청소년들이 안철수 원장처럼 남을 배려하는 마음과 자신의 꿈을 이루려고 실천하는 자세를 배우고, 그 어떤 어려움도 이겨내는 적극적인 생각을 배워 자신의 미래를 활짝 열어갔으면 한다.

사람은 누구나 자신만의 재능을 갖고 있다. 공부를 조금 못해도 걱정하지 말고, 가장 잘할 수 있는 것으로 자신의 꿈을 이뤘으면 한다. 성공한 사람 중에는 공부는 좀 못했지만, 자신의 재능을 살린 끝에 성공한 사람들이 참 많다.

공부를 못한다고 절대 기죽을 필요가 없다. 기가 꺾이면 꿈도 꺾여 아무것도 할 수 없게 된다. 당당하게 자신을 사랑해야 한다. 이 세상에서 나는 가장 소중한 존재기 때문이다.

이 책을 읽은 청소년 모두가 안철수 원장처럼 자신의 꿈을 이루고 행복하고 즐겁게 사는 사람이 되길 바란다. 이 책을 통해 우리 청소년들이 자신도 안철수 원장처럼 성공한 인생이 되고 싶다는 꿈을 갖게 되리라 믿는다.

안철수의 원칙

◎ 결과보다 과정을 더 중요하게 생각했다.

◎ 스스로 남과 비교하지 않았으며 다른 사람들의 평가에 마음 쓰지 않았다.

◎ 항상 자신을 부족하다고 생각하며 작은 성공에 만족하지 않았다.

◎ 남자와 여자, 나이와 학력에 차별을 두지 않고 능력을 중요하게 여겼다.

◎ 다른 사람의 생각을 존중하고 그 사람이 가진 가치를 인정했다.

◎ 변화를 꿈꾸며 언제나 새로운 도전을 즐겼다.

마음에 담아두면 좋을 안철수의 말

◎ 전체가 잘될 수 있다면 개인적 이해타산과 상관없이 어떤 선택도 할 수 있는 마음 자세를 지녀야 한다.

◎ 돈보다는 명예가 소중하고, 명예보다는 마음이 편한 게 중요하다.

◎ 의사로서 계속 생활했다면 훨씬 단순하고 집중할 수 있는 삶이지만 의사를 그만두면서 다채로운 경험을 할 수 있어 후회하지 않는다.

◎ 자신에게 줄 수 있는 가장 큰 선물은 자신에게 기회를 주는 것이다.

◎ 성공한 사람은 재능과 노력, 운이 모두 맞아떨어진 것이며 사회가 그 사람에게 기회를 준 것이기 때문에 그것을 인정해야 하고 사회적 성공은 혼자서 이룬 것이 아니다.

◎ 부모가 자녀에게 책을 읽으라고 말 만하고 자신이 책을 읽
   는 모습을 보여주지 않는다면 아이들은 책 읽는 흉내만 낼
   수 있다. 그러므로 아이들의 독서력을 키워주기 위해서는
   부모의 솔선수범이 중요하다.

◎ 실리콘 밸리에서는 100개의 기업이 나타나면 99개는 망하고
   단 하나만 생존한다. 실패한 기업에게 도덕적인 문제가 없
   고 최선을 다했다면 계속 기회를 주는 것이다. 99번 실패를
   하더라도 한번 성공하여 1천 배의 성공을 하게 된다면 그동
   안 실패를 전부 갚고도 남게 된다는 것이다.

◎ 무엇인가 도전할 때 가장 중요하게 생각하는 것은 내가 정
   말로 의미를 느낄 수 있는 일인지, 앞으로도 지속적으로 열
   정을 갖고 할 수 있는 일인지, 내가 일을 잘해서 다른 사람

들에게 혜택을 줄 수 있는 일인지를 생각한다.

◎ 도전은 힘들 뿐 두려운 일이 아니다.

◎ 흔적을 남기는 사람이 되자.

◎ 돈을 목적으로 하기보다 열심히 하다 보면 돈은 벌 수 있다.
목적이 무서운 것은 수단을 정당화할 수 있기 때문이다.

◎ 결과는 하늘에서 주어지는 것이다.

◎ 나한테는 화를 내지만 다른 사람에게는 화를 안 낸다. 자기
잘못을 아는 사람에게는 화를 낼 필요가 없다.

◎ 세상이 바뀌지 않는다고 불평하지 말고 자신이 하는 일에
최선을 다해야 한다.

◎ 절대로 남과 비교하지 않는다. 위만 쳐다보지 않고 아래를
본다. 장기 계획보다는 단기 계획을 세워 최선을 다한다.

◎ 사업가는 우유부단하면 성공할 수 없다.

◎ 내가 행복해질 수 있는 선택을 해야 한다.

◎ 성공은 나만의 것이 아니다.

◎ 매 순간 최선을 다하면 좋은 일이 다가온다.

◎ 소통 능력이란 말을 잘하거나 자신의 의견을 정확하게 전달하는 능력만을 뜻하지는 않는다. 상대방의 이야기를 경청하고, 그의 생각을 정확하게 판단하는 능력이 소통 능력의 절반을 차지한다고 생각한다.

◎ 세상의 모든 일은 항상 다양한 측면을 가지고 있다. 한 가지 측면에서만 보고 이것이다, 저것이다, 하는 등의 흑백 논리로 판단하는 것은 전체적으로 볼 때 오류에 빠지게 된다. 그래서 진실과는 멀어질 수밖에 없다는 것을 유념해야 한다.

안철수의 성공 마음

◇ 무슨 일이든 기초를 튼튼히 다졌다.

◇ 부드러움 속에 담긴 강철 의지와 집념이 강했다.

◇ 책을 늘 가까이하며 호기심과 상상력을 키웠다.

◇ 변화를 두려워하지 않으며 늘 새로운 도전을 꿈꾸며 실천했다.

◇ 집중력이 뛰어났다.

◇ 목표를 이룰 때까지 끝까지 해내는 힘이 강했다.

◇ 자신이 옳다고 믿는 것에 대해 소신을 굽히지 않았다.

◇ 원칙을 소중히 하고 그대로 따랐다.

◇ 언제나 긍정적으로 생각하고 긍정의 힘을 믿었다.

◇ 보상을 바라지 않고 남에게 의미 있는 삶을 실천했다.

◇ 진정한 성공이란 모두에게 도움을 주는 삶이라고 믿고 실행
했다.

◎ 타인을 배려하는 마음이 뛰어났다.

◎ 자신을 존중하고 사랑하는 마음으로 매사에 최선을 다했다.

◎ 타인과의 원활한 소통을 위해 항상 노력했다.

◎ 누구에게나 겸손하고 부드럽게 대했다.

안철수_

안철수 원장은 1962년 부산에서 태어났다. 부산에서 초·중·고를 마치고, 1986년 서울대학교 의과 대학을 졸업하였다. 1989년 단국대학교 의과 대학 전임강사와 학과장을 지냈으며, 1991년 의학 박사 학위를 받았다.

컴퓨터 바이러스 백신 프로그램을 만들어 무료로 나누어주었으며, 이런 노력을 인정받아 1994년 월간 『마이컴』이 선정한 '컴퓨터 인물'이 되었다.

1995년 컴퓨터 바이러스 백신 프로그램을 만드는 안철수연구소를 설립하였으며, 1996년에는 '자랑스러운 신한국인상'을 받았다. 1997년에는 미국 펜실베이니아대학교 공과 대학 공학 석사 학위를 받았고, 1999년에는 대통령표창 산업포장을 받았다. 2002년에는 미국 『비즈니스 위크』가 선정하는 '2002 아시아의 스타 25인'에 뽑

혔으며 그해 '동탑산업훈장'을 받았다.

2005년 안철수연구소 대표 이사를 사임하고 이사회 의장이 되었고, 미국 펜실베이니아대학교에서 공부하고 돌아와 2008년 5월 한국과학기술원 석좌 교수가 되었다. 그리고 2011년 서울대학교 융합과학기술대학원 원장에 취임하였다.

저서로『CEO 안철수, 영혼이 있는 승부』, 『CEO 안철수, 지금 우리에게 필요한 것은』, 『안철수의 생각』 등 다수가 있다.

안철수 원장은 불굴의 의지로 자신이 하고 싶은 것을 모두 이뤄 내고, 대한민국 청소년들과 젊은이들에게 가장 존경받는 인물이 되었으며, 지금도 새로운 꿈을 위해 열심히 공부하며 최선을 다하는 이 시대의 탁월한 꿈의 멘토로 활동하고 있다.

학력 및 경력_

❖ 1986년 서울대학교 의과 대학 졸업
❖ 1988년 서울대학교 대학원 의학 석사
❖ 1989년 9월~1991년 2월 단국대학교 의과 대학 전임 강사 및
  학과장
❖ 1991년 서울대학교 대학원 의학 박사
❖ 1991년 2월~1994년 4월 해군 군의관(대위 예편)
❖ 1995년 2월~2005년 3월 안철수연구소 대표 이사
❖ 1997년 미국 펜실베이니아대학교 공과 대학 공학 석사
❖ 2005년 5월~2011년 5월 한국과학기술원 기술경영대학원 석
  좌 교수
❖ 2005년~현재 안철수연구소 이사회 의장 CLO(최고학습책
  임자)

❖ 2008년 미국 펜실베이니아대학교 와튼스쿨 경영학 석사

❖ 2008년 5월~현재 대통령 직속 미래기획위원회 위원

❖ 2011년 서울대학교 융합과학기술대학원 원장

❖ 2011년 차세대융합기술연구원 원장

수상_

❖ 1990년 올해의 인물상

❖ 1994년 월간 『마이컴』 '컴퓨터 인물' 선정

❖ 1996년 자랑스런 신한국인상 수상

❖ 1999년 대통령표창 산업포장 수상

❖ 2000년 제4회 한국공학기술상 젊은 공학인상 수상

- 2000년 제14회 인촌상 수상

- 2001년 자랑스러운 서울대인상 수상

- 2002년 미국 『비즈니스 위크』 '2002년 아시아의 스타 25인' 으로 선정

- 2002년 동탑산업훈장 수상

- 2003년 제1회 한국윤리경영대상 투명 경영 부문 대상

- 2009년 제1회 블루리더십어워드 수상

- 2009년 제1회 대한민국 브랜드 이미지 어워드 교육 부문 수상

- 2010년 세종문화상 사회 봉사 부문 수상

- 2011 대전광역시 명예시민패

안철수처럼 생각하고 안철수처럼 실천하라

초판 1쇄 인쇄일 · 2012년 9월 5일
초판 1쇄 발행일 · 2012년 9월 10일
지은이 · 김옥림
펴낸이 · 임성규
펴낸곳 · 문이당

등록 · 1988. 11. 5. 제 1-832호
주소 · 서울시 성북구 동소문동 4가 83 청구빌딩 3층
전화 · 928-8741~3(영) 927-4990~2(편)
팩스 · 925-5406
ⓒ 김옥림, 2012

홈페이지 http://www.munidang.co.kr
전자우편 munidang88@naver.com

ISBN 978-89-7456-465-0 43810